U0119787

蕭健宏

102. 8. 29.

青稞一夢

甦醒於
徒步之後

蕭健宏—著

目錄

第四幕－放下為了走更遠……189

第一幕

始

「耆老，請您告訴我夢的含意。」

「我沒辦法告訴你，因為夢的含意必須要你自己找出。」

耆老指著遠方的山頭說：「就是走進這座山林，山林裡有座瀑布。你必須斷食以淨化你的身體，然後坐在瀑布前，祈求大自然萬物之靈給你指引。祂會透過流水聲、風吹過樹梢的沙沙聲、動物的啼叫聲……等自然的語言，引導你和內心的聲音對話。」

在一個風和日麗的早晨，王德辛勤地揮舞著鐮刀，收割四個月以來的心血結晶；他將一束束的稻米，倒掛在竹架上。經過的大叔看著王德問：「你哪來的啊？」「我北部來的。」「來這做什麼？」「向大自然學習。」「你讀哪所學校？」「北部的理工大學。」「那很好啊！為什麼不去找一個安穩的工作，跑來這個鄉下地方種田？」王德心想怎麼和大叔解釋他也不會明白的，他胡謅了個理由敷衍大叔，結束了兩人之間的對話。

王德躺在田裡，仰望天空，想到父母一向希望他成為公務員，或是效勞於大企業下，如此一來便有穩定優渥的收入。於是王德認真讀書，學習工程、商業和電腦，努力滿足父母的期待和社會的認同。

某日，一個突如其來的消息——王德的外婆驟逝了！令王德的人生有了重大的轉變。一群人來到了火葬場，依序將殘存的人骨撿進冰冷的骨灰壇。輪到王德時，王德撿起一塊灰白的硬物，仔細地看著心想：「如果我哪一天被車撞了就變成了這樣，賺那麼多錢對我又有什麼意義？成就、財富、身體、事業，每一樣都會隨著時間或其他因素改變，什麼東西是可以永恆不變的？生命到底是什麼？人活在世上是為了什麼？」「如果明天我就不在人間了，那有什麼事沒做會後悔？」這些問題開始滋生萌芽。

一個下午，他鼓起勇氣告訴父親：「我不想平白地過一生，我想要去旅行。」王德的父親回答：「你以為很簡單嗎？外面的世界很危險，人心險惡，你別作白日夢了！那不是你該做的事！還是乖乖去找份工作比較實在！」王德沉默了，但內心的渴望更清楚明白。王德的父親見兒子的心意已決，嘆了口氣：「總有一天你會後悔的！」

王德開始在台灣各地旅行。他到了東部，認識了一群自然耕作的農夫，和他們一起過著日出而作、日落而息的農耕生活。回想這一切，王德雖然喜歡這樣的生活，但仍渴望到更遠的地方去探尋生命的答案。

某天，他聽說在附近的山上，有位懂得山林智慧的原住民獵人，只帶把刀就可以在山上生活。王德心想：「或許，我可以向他學習野外求生的技能，這樣我就有能力去更遠的地方。」

仔細打聽後，王德來到了獵人的工寮，看到裊裊的炊煙不斷地升起，底下的柴火劈哩啪啦的響著，上方掛著一個被煙燻得黑亮黑亮的手工背籃，而後才看到在裡面俐落削籐、赤裸著上半身的黝黑壯漢；毫無疑問的，他，就是王德要找的人。

王德專注地看著獵人工作，獵人也靜默著。過了一會兒，獵人放下手邊的工具，眼神望向他，王德才鼓起勇氣說：「我住在附近的村子，有聽人說起你的故事。請問你可以教我野外求生的技能嗎？」獵人笑了笑回答：「在我們原住民裡不叫野外求生，因為你在大自然中，還要求生的話，那代表你還不夠了解。那是一種生活的態度，在學習技巧前，要先學習態度、先與自然對話。」「可以教我怎麼與大自然對話嗎？」「首先，你必須放掉自我，靜下心來，用你所有的感官去感受周遭的一切，然後你可能會在內心接收到一些靈感的話語，這些話語不是出自於你的思考……」獵人一步步引導王德。

王德平日住在一棟破舊的百年老屋裡，沒有什麼現代化的物品，地面是會長出雞肉絲菇的泥土地。他到附近海邊撿了大大小小的石頭約略鋪陳地面，用老屋後的竹林做了竹床，撿拾各種自然素材，製作生活所需的用品—稻草鞋、藤籃、香蕉絲繩環、檳榔葉鞘隨身包；老屋的客廳中央挖了個火坑，用來探索獵人所教給他的關於火的奧秘。飢餓時，就去採集野菜水果、烤地瓜、或去務農朋友家搭伙共食，偶爾跟著獵人上山。

很快地，幾年的時間過去了，大自然教給王德的遠多於這些年他所看的書。他看著自己裸麥般的膚色、精壯的身子、發亮的眼神—他知道自己已經不一樣了。

近來，王德一直做同個夢。他不明白夢的含意，於是跑去請獵人為他解夢。

「夢，在我們原住民裡，是上天或祖靈要傳達訊息給我們的一種途徑，祂將指引我們該走的路。說說你的夢吧！」

「夢裡，我走到了一個村莊。村莊裡的人，不論男女都留著長髮，那裡房子都非常古老，四周都是廣闊無邊的草原；草原上有些牛，也有幾個孩子在放羊，他們都微笑地看著我。」

獵人看著遠方的山谷說：「你說的地方似乎不在台灣！或許你得進入那山谷，祈求耆老給你答案。」

王德依照獵人的描述，在山谷裡找到了耆老，並將夢境告訴耆老，祈求解答。

「耆老，請您告訴我夢的含意。」

「我沒辦法告訴你，因為夢的含意必須要你自己找出，但我知道你可以去哪裡找到這個答案。」

「哪裡？」

耆老指著遠方的山頭說：「就是走進這座山林。山林裡有座瀑布，你必須斷食以淨化你的身體，然後坐在瀑布前，祈求大自然萬物之靈給你指引。祂會透過流水聲、風吹過樹梢的沙沙聲、動物的啼叫聲……等自然的語言，引導你和內心的聲音對話。」

王德依照耆老的指示，到了瀑布前靜坐。經過了日月的滋養、流水的洗禮，開始和內心的聲音對話。

「為什麼你要來到這裡？」內心的聲音問。

「我想知道夢到底要傳達什麼訊息給我？」內心的聲音說：「你要到遠處與他人分享你所學到的東西。」「那是在中國西方的一處淨土，那裡的人會讓你找到一種能跨越種族、語言、國家的真理，從中你也會明白你此生的目的。」

「請問我要怎麼到那裡？」

「你必須用徒步的方式，從中國的東方，邊走邊祈禱，一路與人分享你向大自然所學到的東西。」

「那我為什麼不能直接從中國西方開始呢？那不是比較近？」王德好奇地問。

「如果這麼做，將錯失許多機緣，你必須要累積足夠的能量，才能幫助你進入那片淨土，否則你永遠都找不著。上路吧！」

「但是我的原始技能並沒有學得很好，要怎麼分享？」

「孩子，重點不是要你成為野外求生高手，而是要你分享在學習過程中所得到的成長，並引導更多人善待萬物之靈、善待大地。」

「那我應該要怎麼做呢？」

「很簡單，就是分享你來到這裡過的生活、交的朋友、遇到的人事物，從中學到的東西。」「你可以出去了！」

「什麼？這麼快？」

「重點不是你待多久、斷食幾天，而是你學到什麼、之後做了什麼。你已經學到你該學的了，不用繼續待在這裡。去吧！去和別人分享！」

王德走出山谷，將這經過告訴獵人。

獵人說：「你要離開了？我沒有什麼能給你的，就送你我做的Gili(泰雅族的背籃)，希望它能一路陪伴你到目的地。祝你好運！」

王德從獵人手裡接來，兩人互相擁抱道別。

遊走神性與人性

王德循著內心的聲音，前往中國大陸的東方，展開了追尋之旅。這是他第一次離開自己的國家，前往未知的中國。

穿著登山鞋、揹著籐籃、將長髮綁起的王德，在剛落腳的繁華城市裡顯得格格不入。王德將素描本拿出來，在市區街頭畫畫，打算將自己的點滴感受記錄下來。

突然，王德感覺到有強烈的注視往自己這兒打來。後來，這道注視愈來愈迫近，直到一個人影出現在王德面前，開口道：「你哪來的？在做啥？」王德抬頭見是個尖窄頭、顴骨外擴、眼睛如豆的年輕男子，心想：「這個人看起來怪怪的。曾聽說在中國，不要隨便透露自己是台灣人，可能會被坑；但如果我這麼做，就已有不相信他人的預設立場。」

斟酌之後，王德回應：「台灣，來旅行的。」

「我叫小明，之前有去台灣工作過。」

二人閒聊了一會兒，小明帶王德四處逛逛。來到一間飯館前，小明向店裡的員工打了招呼，回頭對王德說：「我在這裡工作。」隨後又開口：「可以借我十元嗎？沒煙抽很難受，我下午就還你了。」王德覺得不太對勁，於是打岔地回應小明自己尚未吃早餐。小明順水推舟地說要帶王德去一家經濟又實惠的小吃攤。

小明和老闆打了招呼，老闆一副不太想理的樣子。王德點了一碗麵吃，小明在一旁催促著：「快點！我上班快遲到了！借我十元就好，我下午就還你了！」王德心想：「只有十元，就先借他吧！」

在王德的陪同下，小明買到了煙又想再借十元；未能如願便先行離去。王德則獨自回到小吃攤。

小吃攤老闆道：「你和他很熟嗎？他在騙你！做人做到像他這樣實在夠可悲的！他也才來這兒吃過一、二次，就拿走我的打火機，身上沒錢還抽十元的煙！你拿三元買包煙給他就算了，剩下的錢還可以在我這多點幾份小菜。」王德這才發現自己方才沒弄清楚—十元不是台幣是人民幣，是自己一天的伙食費。

頓時，王德內心出現了兩股聲音：「可惡！我要把我一天的生活費要回來。」「算了！就當救濟乞丐。」離開小吃攤之後，老闆的話語不斷地在王德耳邊環繞著：「他在騙你……他在騙你……他在騙你。」王德越想越火大。

次日，王德前去小明工作的飯館。

「昨天下午本來要拿錢來還你的，你怎麼沒來？」小明煞有其事的說。「我剛好有事，現在可以先把十元還我嗎？我還沒吃早餐，昨晚也沒吃，很餓！」「我今天錢包借朋友，他要去買車票。」

「那你可以打電話給他嗎？向他拿回來，我真的很餓！」

「我比你更餓，我昨天一整天沒吃東西，你還有吃，我前天也沒吃。」

「你們餐廳有供吃的，怎麼可能沒吃？不然你們中午吃飯時，給我帶一些吃的。」

「我們店裡有攝影機，我做什麼老闆都知道，不能帶給你吃，我自己也沒吃餐廳裡的東西。」

「那你和你同事借一下，反正你朋友晚點就還你錢了。」

小明眼神飄忽的說：「他們不借我，我才來二天，我朋友要找他女朋友吃飯不知道什麼時候回來。」

王德口氣沉重地回應：「那好吧！我幫你去和同事借。」

小明的手微微地發抖，摸著下巴回：「你別這麼做，這樣我工作就做不成了！我還在試用期。」

「那你幾點下班？你一定有辦法的。」

「四點。」

「那我四點來找你。」

談話結束，王德內心又出現另一個聲音在為小明祈禱：「祈禱他知足、感恩、惜福、有同理心、能友善土地、友善萬物靈、能對人真誠。祝福他幸福、快樂、和平！」王德訝異自己有這兩種反差極大的狀態，感覺自己人格分裂了。

「可以還錢了吧！」下午，王德站在飯館前，向小明要錢。

「我沒錢。」

「那我要去向你同事借錢了。」

「你去啊！反正我已打算不做了！」

此時，王德突然聽到內心的聲音說：「不要再繼續下去了！」王德想了一下，對小明說：「我借你的十元就算了，我也不去告發你，但你這樣的行為很可恥。今天，如果換做其他人，你一定吃不了兜著走。」

小明不發一語地低著頭說：「我知道錯了，謝謝你，我下次不會再這樣了。」王德見小明有些悔意就放過他了。

離去後，王德心想：「為何要放過那騙子，為何不給他一個教訓？免得日後有其他人受害。」

內心的聲音說：「你若真的這麼做，和你所祈禱的幸福、快樂、和平就違背了。一件事的發生，本質上沒有什麼意義，是我們賦予結果意義。」王德沉思了一會兒：「好！我決定在最後賦予這件事新的意義。小明騙了我十元買包煙，但或許這十元會產生意想不到的流動，而這流動會促成其他的美善發生。一包十元的煙讓這男子和我有了連結，有了這段故事。來這裡的目的是為了建立更多連結，當越來越多的人、事、物與我有實際的連結後，祈禱會變得更有影響力吧！」

城市遊俠兒

「披頭散髮」、「衣衫襤褸」、「撿破爛」、「髒亂」是一般人對他們的印象，但他們是身藏不露的都市求生高手：他們知道去哪裡撿拾人們不要的衣物、知道怎麼乞討、知道哪裡有免費的食物、知道去哪裡充電。充電？沒錯，他們還有手機用來聯絡其他夥伴並交換情報。人稱他們為流浪漢，但他們還有另一個稱呼：「遊俠兒」。

某日，在一個等早班火車、沒錢住旅店的夜晚，王德選擇和遊俠兒一起睡在車站前。他們問王德從哪來？要去哪？王德簡略地回答後，和他們聊了起來。在聊天過程中，王德沒有絲毫的恐懼，完全不擔心遊俠兒會不會打劫，或者他們身上有沒有傳染病。後來，來了一位年約五十多歲的遊俠兒，大伙兒空了位子給他，只見他黧黑斑駁的皮膚、強壯的手臂，拖著一大袋的回收罐過來，熟練地把厚紙箱拼接而成的睡墊鋪在地上，率性地坐下來，拿起手機通話。

王德心想：「哇塞！太酷了！竟然還有電話。」遊俠兒拿著電話說：「今天我去那邊看過了，還有很多東西可以拿，晚點你再帶其他人去。」「還沒吃喔！你到城南路的公園旁，那邊小吃攤的老闆人很好，可以去和他們要些吃的……」

遊俠兒通完話，王德向他打了招呼。

「你好，我剛從台灣來，要來徒步旅行，可以向你請教一些問題？」

「你從台灣跑來這兒流浪？真是有問題！」遊俠兒一副不屑地回答。

「請問你剛剛和誰通話？」王德繼續問。

「那是漳州的一些朋友，他們是新來的，問我到哪裡可以拿衣服和棉被；其中一位三天沒吃東西了，我們都會互相分享哪裡有資源。」

「那你可以教我幾招嗎？你的手機平常在哪裡充電？」

「充電到自動提款機間或客運站，那裡都有插頭。天氣冷或蚊子多也可以去睡自動提款機間，有空調又舒適。吃東西就去撿人家吃剩的，平常你可以去撿些回收換些錢買吃的。但我現在偶爾才這麼做。」遊俠兒自豪的說。

「為什麼呢？」

「光撿人吃剩的就吃不完了，幹啥要去辛苦賺那幾塊錢！你不知道現在很多人為了面子，都點很多菜，然後吃不完。有些菜吃了幾口就不吃，真是浪費！那些菜、那些牲畜辛苦了一輩子，只為了讓人逞面子、解嘴饞就被隨意犧牲了生命，這事我幹不來！我曾靠這些剩下的食物，連續三個禮拜沒有花過一分錢！」

「那你為什麼出來流浪呢？」王德好奇地問。

遊俠兒嘆氣回答：「如果家裡有溫暖，誰願意出來流浪？我以前是做生意的，後來經商失敗，妻子和兒女都離開了。這個世界都沒人關心我，所以就出來了。」

「後來你是怎麼懂得這麼多東西的？」

遊俠喝了口水繼續說：「出來後，起先我也是很慘，有一餐沒一餐的，晚上也是冷得半死。後來是其他人告訴我可以到哪去找吃的，什麼有的沒有的。」

「那你還會想回去過一般人的生活嗎？」

「一點也不想！我現在自在的很。每天睡到自然醒，不必為了生活而辛苦工作，我可以做我想做的事；而其他和我一樣的人，我們都會互相幫助、分享資源。這些是人最善良的本性。不用虛情假意的去討好別人，不用去想那些算計別人的事。你想想，當今有誰可以像我們一樣那麼自在？」

王德在一旁沉思遊俠兒說的話。

之後，幾次在路上，都有遊俠兒邀請王德一起吃飯，甚至吃飽後還會讓他打包多餘的食物。他們沒有吃腐爛發臭的食物，而是當天別人給他們的東西。

有次在路上，一位遊俠兒迎面走來，突然向他行五指禮，當時王德被突如其來的舉止給愣住了。後來，王德也向他行五指禮。王德心想：「一位素昧平生的人，不因外表、身份、地位、利益，發自內心的向你行禮，這是多麼難得可貴。我是否也能發自內心真誠地對待每個人？」

千里之緣

這是王德坐過最久的火車。二十四個小時，沿著福建一路北上至杭州，從車窗向外看，如同台灣西部山區，已開發或正在開發；有的整面山禿了，有的工廠排放廢水、廢氣。「不知道在地人怎麼看待這一切？」「或許對在地人來說增加工作機會、提高收入遠比保護自然環境、文化留存還重要。站在他們立場，吃都吃不飽了，還管什麼呢？活下去最重要。」

王德曾經在大自然中只靠著採集為生，他很能體會飢餓的感受。對於「文明的發展」，他選擇聽從內心的指引，為經過的每個地方祈禱：

「祈禱人們知足、感恩、惜福。

祈禱人們友善土地、友善萬物之靈。
祈禱人們能互相了解、互相幫助。
祝福人們幸福、快樂、和平。」

火車上，大家都對王德這位從台灣來的小伙子很感興趣，王德向他們介紹籐籃背後的原住民文化，他們則喜歡聊毛澤東、蔣介石、歷史戰爭。雖然和附近座位的人有互動，王德仍覺得有些空虛，王德渴望的不是閒聊而已，而是能為生命帶來更多滋養的深度交流。

在火車上夜晚是難熬的，白天可以看窗外的風景，晚上則一片漆黑，只能坐在一個小小的位置上，睡睡醒醒數回，獨自面對在他鄉的未知和內心空洞的恐懼。天漸漸地亮了，火車緩緩地駛進杭州火車站，他受不了這份孤獨的壓迫感，立馬到行李房領行李，沒想到負責的師傅說行李還要二天才會到。頓時，王德覺得這趟旅途，好久，好久，好遠，好遠。

走在熱鬧的杭州市，許多名勝古蹟都吸引不了王德的注意，他反而喜歡去傳統市場看看特別的東西，因為那裡比較貼近當地的生活文化。「這裡的古蹟每個都要收門票，文化已變成了賺錢的工具，古老街道的老房翻修成觀光老街的徒步區，老房子除了能賺錢以外，它的存在還有什麼可能性？這些小吃美食、名勝古蹟對我有什麼意義？僅供我照相或感官上的刺激？對於在地人又有什麼意義？來中國五天了，到底如何與這裡產生連結？來這裡的意義是什麼？」突然間，王德想起了在瀑布時，與內心聲音的對話：「你要把從大自然學習到的東西分享給遠方的人。怎麼做？就是去分享你的故事，然後為他們祈禱。」

傍晚，天空下著綿綿細雨，王德哪裡也不想去，只想一個人好好的坐在西湖畔的涼亭吃晚餐。望著西湖，心裡仍在沉思內心的聲音。

或許是過於專注，王德沒留意來了位背包客，直到背包客主動向他攀談，他才回過神來。過不久，一位穿著白淨襯衫、黑色皮鞋的青年也來涼亭休憩，也好奇地問王德：「你從哪裡來的？」得知之後，說道自己曾在台灣讀書，那時還騎自行車環島；在一段連續陡峭的山路，停下來牽車。遇到一個走路環島的人，這個人為了夢想，放棄在都市優渥的工作……。

王德愈聽愈覺得熟悉，多年前的一個旅途畫面突然清晰了起來，王德瞪著眼睛大叫：「啊！你就是那時候的……當時還戴著頭巾跟太陽眼鏡，跟現在的樣子不太一樣！要是你沒說我還真認不出是你！」

對方也猛然想起，當年相遇的那個人就是王德，二人不可置信地看著對方，隨即跳了起來，興奮地相互擁抱。

「從那次環島後，我們都沒聯絡了。今天，我剛好來杭州出差，想說來這裡散散步。沒想到，我們這麼有緣，會在這裡相遇。不如，今晚就到我住的青年旅舍一起聊個痛快吧！」阿金說。

二人來到了青年旅舍，互相分享了這幾年來彼此的經歷。

「這次你打算去哪？」阿金好奇地問。

「我想徒步到西藏。」

「為什麼要來徒步呢？」

「我感受到內在有股聲音，驅使著我要到西藏去找尋能跨越種族、語言、國家的真理。而我也將在那裡，明白我此生的目的。」王德接著說。

「你說的真理存在嗎？」阿金搔搔頭說。

「我相信有！」

阿金另有感觸地說：「你有沒有這種感覺，曾經所擁有的某種感覺失去了，而想把那感覺找回來。幾年前，當我快騎不動，打算要放棄時，你的出現，帶給我很大的鼓勵，使我能完成那次的騎行。幾年後，你居然又出現在我眼前，再次為你的夢想前進，這帶給我很大的衝擊和啟發─對已結婚生子的我來說，學生時期的那種為夢想奮鬥的熱血沸騰，已漸漸被主流社會的價值觀─賺錢、買房、買車給取代了。你的出現好像是上天的提醒─叫我不要因為生存，而放棄自己的夢想。」

「今晚和你的相遇，讓我在這塊土地上，第一次感受到來的意義。」

阿金舉起酒杯說：「來！先預祝你成功！我在成都迎接你，到成都可以住我那！」

兩人把酒言歡，相約在成都。

改變內心　世界改變

告別了阿金，王德來到了傳統市場。他盤算了一下旅費，如果要在這待一年的話，一天只能花十二元人民幣。他走到攤販前左挑右選：「這個水果很肥大，農藥肥料加很多」、「這個紅蘿蔔顏色紅的很不自然」、「這個蔬菜有很重的農藥味」、「這個蘋果的價格是我一天的伙食費。」最後王德只選了一串較少農藥的香蕉、幾顆饅頭和幾碗白飯帶在路上。就這樣，一天十二元，開始以吃白飯、饅頭和香蕉踏上了西行之路。

霧濛濛的天空，道路旁，來往呼嘯的車子。「這是怎樣的農村呢？」不乏高樓大廈、高級社區、別墅，偶見幾戶人家在種植。過了農村，是一間間的工廠，再來就是一塊塊待被開發建設的土地。這些景色不斷地循環，王德邊走邊祈禱。

餓了，就坐在道路旁，拿出饅頭撒上鹽巴，最後再配上香蕉就是美味的一餐。一周後，由於每日都吃同樣的東西，再美味也會倒味。偶爾受不了的時候，王德就到小攤販前選一樣負擔得起的小吃嚐鮮，但每次吃完後都後悔。

「這個有添加香料」、「這個有加雞粉」、「這個味精放很多」，王德的身體馬上能辨識出這些不自然的成份，並反應在身體各個部位。

「那乾脆我自己煮好了！等等，這地方是人很多的市區，我要怎麼升火？我也沒有瓦斯爐，而且市場裡的菜很多都有農藥。我到底還能吃什麼？」

「啊！我想到了，我去買麵條，然後和別人借熱水這應該可以。」

於是王德興高采烈地跑去買了麵條，借了熱水，泡在鋼杯裡。過了一會兒，他將這個靈光一閃的點子吃下；沒多久，肚子開始翻攪，他跑到路邊的草叢，拉了一會兒，知道自己絕不會再試一次了。王德很痛苦，面對食物，他可以選擇的實在少之又少。

另一方面，王德每晚都在尋找合適的地點打地鋪：提款機間、大賣場、大廈頂樓、地下室、速食店……等，似乎都市裡可以睡的地方，他都嘗試過了。但在人來人往的地方打地鋪，伴隨的是擔心、害怕；除此之外，旅途中身體積累的體味，也總在睡覺時，吸引著許多蚊蟲前來。諸多不適，令他時常輾轉難眠。日子一天天的過去，王德的身體也日益消瘦而不自覺。

清晨，王德出發前往目的地臨安市，路上陪伴他的依然是卡車、機車，視線仍然一片霧濛濛。睡眠不足的王德，疲憊地走在路上。不久豔陽出來了，大地隨之火傘高張。飢渴的王德，背著十幾公斤的行囊，向遙遠的道路前進。原本以為可以摘些野草和野菜來止渴但所到之處無不被汙染，可以加水的地方非常少，缺水的問題令他感到十分難受，而肩上負重所帶來的疼痛也是一大阻力。王德心想：「我真的需要那麼多東西嗎？大部份的東西現在都沒用到，為什麼要帶那麼多累贅在身上？」「換個角度想，既然很多東西都是朋友送我的，或許將來會派上用場吧！」

走了許久，終於到了臨安市的市區外面。中國的土地比王德想像的還要大，他已無力進城了，決定搭公車進市區補給和休息，明天再從相同地方出發。走在熱鬧的街道上，路人紛紛側目讓道。小孩對這位綁著長髮、身形高瘦、背著籐籃的大叔感到好奇，正打算前來一探究竟時，馬上被家長拉走，只丟下一句：「小心他把你抓去賣掉！」

這幾日的旅程令王德產生了一個矛盾的問題。王德回想：「前幾天，我吃了味精很重的燒餅，後來身體產生昏昏沉沉的感覺。身體之前都吃乾淨的食物，碰到不自然的東西就會產生反應。但放眼望去，這裡的東西哪樣沒有人工添加物？哪樣沒有被汙染？習慣吃乾淨食物的我面臨很大的挑戰。之前會到菜市場買食物，但這裡太大了，有些地方買不到菜，不然就是菜很貴捨不得買。這和曾經在山林體會到萬物一體的感受相矛盾，我究竟要怎麼不用分別心去看待事物呢？面對食物，為了能所謂的健康，我的分別心讓我的選擇越來越少，內心變得很不自在，身體也跟著不自在。」

正當王德苦思問題時，一道靈光突然閃過：「對了！之前來台灣徒步的日本朋友，餓了看到食物就開心地吃了，不會管有沒有人工添加物或化學成份。對他們來說，相較於日本當時受輻射汙染的食物，台灣的東西實在安全多了，只要吃了不會中毒死亡，應該就可以了。」接著，王德想到：「流浪漢會不會有這個問題？他們都是怎麼看待食物的呢？」為了能體會流浪漢的思想，他決定用流浪漢的心情到速食店。

王德一進速食店，坐在座位區觀察。只要有人離開而桌面有沒吃完的食物，他就前去吃還未被啃過的炸雞、薯條和可樂。他發現，面對這些剩食，即使它們在一般人眼中並不那麼乾淨，但對於一個幾天沒吃飽的人來說，在那當下，身體不會產生不適，反而會產生感謝、幸福、快樂的心情。

王德豁然開朗：「人在吃東西的狀態，會改變食物帶給身體的感受。食物沒辦法改變，但我們可以調整我們的態度。透過改變態度，身體做了調整，感受也不同。若我們認為這個東西吃下去對身體不好，而身體就會如實的捕捉不好的部份而加以放大。若我們認為這個東西太棒了，很感謝這個東西，身體的感受也會改變，去補捉我們認為好的部份。只要我們在吃的時候對食物感謝，並灌注自己的意念在那食物上，想像它是健康、純淨、幸福、快樂的食物，再切換成食物去接受祝福的意念。最後，再切換回自己把食物吃下去，食物與我們合而為一，我們也如同食物受到祝福。」

王德發現有時候必須放下了批判心、分別心，讓自己不被恐懼消耗，憑藉內在的力量，才有辦法繼續走下去。

當王德學會改變態度後，他發現這些日子以來，一路上碰到的人，都和台灣的親友長得十分相像。而路上的景色也有許多和台灣相似的地方。他感覺這些熟悉的人、事、風景不斷地重複出現。起初，以為是鄉愁令他產生這樣的錯覺。後來，路過一間商店時，店內的電視機正播著一段廣告：「外在世界是內心的寫照。」王德停下了腳步，全身起雞皮疙瘩。

王德開始對萬物微笑，以喜悅的心態去面對發生的人事物。當他向人點頭微笑，別人也向他點頭微笑，即使這次他沒笑，下次他也會笑；肩膀疼痛時，用微笑來感謝它、為它祈禱；腳走不動時，也用微笑來感謝它、為它祈禱。王德感覺祈禱就是一種將內心世界微調的方式。每祈禱一次，這世界就往你所祈禱的世界邁向一步。當累積了數千、萬次後，那力量是強大的。

王德從前只知道感謝和祈禱，還沒覺察到感謝、祈禱背後的意識狀態。王德反思：「我可以抱著悲傷的心情祈禱，也可以用喜悅的心情祈禱。回想我怎麼能帶給別人快樂？首先自己要先快樂。之前看到別人亂丟垃圾、破壞土地，我會以悲傷、憐憫的心態為他們祈禱，但我是以悲傷的心態來面對自己的內心，相應循環後、自己也變得越來越不開心。換了思維，不管遇到什麼事，都用喜悅的心情為他們祈禱，我的世界開始變成了一種良性的循環。」

內心的聲音說：「你走在內心的球上，人、事、物、風景都不斷地出現，直到你學習到你該學的功課為止。」

無常

黎明初升時，辛勤的人們也準備上工。原本冷清的道路上，漸漸出現上班的車輛。王德走在道路上，看見不遠處有許多人圍觀。走近一看，一輛機車撞到路旁的電線桿，二名婦人及一名嬰兒受重傷。其中一名婦人手骨折坐在地上，另一名傷勢較輕的婦人懷裡抱著滿臉是血的嬰兒邊哭邊求救。王德立刻放下行李，氣憤地衝向前去，對著圍觀的人大叫：「快叫救護車！」心想：「還不趕快叫救護車還在那邊看！」

「已經叫了，但救護車從歙縣開過來。」

「大概幾公里？」王德問。

「二十公里。」

「最近的醫院在哪裡？」

「在大阜約五公里。」王德立馬衝上馬路攔車，卻沒有車願意載。當地人看到了，請人開車過來，王德和民眾合力將婦人抬上車，另一名抱著嬰兒的婦人坐另一台民眾的車前往醫院。當王德看到滿臉是血的嬰兒，眼睛緩緩的張開、閉上、張開、閉上，一個生命即將要離開了。頓時，王德心中悲痛莫名。將她們送上車後，王德心裡不斷地為她們祈禱。

王德經歷過親人及朋友的驟逝，以為對生死已有些了解，但這件事帶給他更強烈的衝擊。以往他都是被告知的角色，但今日，卻在現場目睹、參與。他在事件發生後的路上，不斷地在思索著：「生命到底是什麼？這個事到底要傳達什麼訊息給我？」直到一段沉穩幽美的笛聲，打斷了這些思緒。笛聲流進耳朵，如一道清泉洗滌了王德的身、心、靈。

「咦！這裡怎麼會出現笛聲呢？」他順著笛聲的方向走去，一位身形高大、氣質優雅的大哥正在吹笛子，王德藉故要了水喝，兩人閒聊了幾句。

大哥問消瘦的王德：「早上吃過了嗎？要不要和我去大阜吃個早點？」

「大阜？」王德想到剛剛那場車禍的三人就是送到大阜。

「要去嗎？」

「嗯，好！」王德坐上車回到大阜用餐。一路上，大哥熱心地介紹安徽的文化，對王德的事沒有多問。

「大哥，老實說，剛才來的路上，才撞見一場生離死別的車禍。後來，經過你的工作室前，你的笛聲洗滌了我的悲傷，在這兩個事件相隔不到一小時，內心變化卻如此的大。」王德感嘆地說。

「或許，這就是人生吧！諸事無常，事情的發生，猶如風吹樹葉落，自然而然。但我們也能從中沉思自己，提煉出智慧。」王德沉思大哥所說的話，將其視為禮物，帶在路上繼續前進。

第二幕

立場

你問我立場，沈默地
我望著天空的飛鳥而拒絕
答腔，在人群中我們一樣
呼吸空氣，喜樂或者哀傷
站著，且在同一塊土地上

不一樣的是眼光，我們
同時目睹馬路兩旁，眾多
腳步來來往往。如果忘掉
不同路向，我會答覆你
人類雙腳所踏，都是故鄉

——向陽〈立場〉

立場

純樸的農村，大伙兒為了生活辛勤地工作。忙碌了一天，休息時，邊吃飯邊看連續劇是最家常的享受。每當王德休息時，不免和街坊人家聊上幾句，偶爾也會受邀至家中作客，感受這種日常生活。幾次經驗後，王德發現電視劇裡，除了古裝劇之外，總是上演著國民黨和共產黨的戰爭，或者是對抗日本人的情節。

某日，他到鄉村的小賣部前休息。小賣部裡的電視機依舊上演著同樣的戲碼。一位戴著印有一顆紅星綠帽的大爺向小賣部買了包煙，坐在門口吞雲吐霧了一會兒，注意到一旁留著長髮、面容清癯、又帶著籐籃的王德。

「你從哪裡來的？」大爺問。

「台灣。」

「來這做啥？」

「我要走路到西藏。」

「你出來這樣走有錢賺嗎？有人贊助嗎？」

都沒有。」大爺：「那你為啥還要出來？」

「我是來找一種能跨越種族、語言、國家的真理。」

「啥？」王德再重複一次，但大爺仍然聽不懂。

王德隨口說：「我出來是為了體驗生活。」大爺：「喔！」

「你覺得台灣是中國的一部份嗎？」大爺接著問。

「所有的人類，從前從前都是一家。只是後來隨著各種環境、條件演變成不同的部落、種族、國家。每個國家都為了自己的利益在設想，國與國之間，時常因為爭奪資源而戰爭。但人民不想要戰爭，只想好好的生活。希望我們都能跨越這種限制，找回人與人之間最良善的本質。」

「所以你覺得你是中國人還是台灣人？」大爺追問。

「地球人。我們就像兄弟一樣，是同一個父母出生的。我們呼吸著一樣的空氣，住在同一個星球裡。不一樣的是每個人都有自己看待事物的方式，希望我們都能尊重、包容彼此的差異。」

這兩週來，王德一直被問同樣的問題，大家似乎想從王德口中找到些什麼，王德感到有些疲憊了，開始質疑內心的聲音：「我真的是來這裡分享我的生活的嗎？為什麼都沒有機會可以好好地交流分享呢？每天都在走路，好想找個地方住幾天。難道那個內心的聲音是自己幻想的？」

傍晚，王德拖著沉重的身體，到了一間飯館向店家點了幾碗白飯，店家不收他的飯錢。填飽肚子後，王德走在昏暗人少的街道上，找到了一處較乾淨、已打烊的店門口前打地鋪。王德熟練地鋪上了地布，鑽進了睡袋，只想趕快進入夢鄉，逃離這個累人的世界。

溝通的另一種可能性

安徽是中華民族的發祥地之一，早在幾百萬年前就有文明蹤跡，發展至現代，無論在飲食、建築、藝術……等領域都有其獨特之處，故在中國統稱徽派文化。其中徽派建築裡的馬頭牆[1]最為特色，在民宅上隨處可見。

夕陽西下，暖紅色的餘輝照射在安靜的農村小路，路旁的小河閃爍著金色、紅色的亮光。幾位大學生坐在河岸上，對眼前的美景寫生著。王德在路上經常碰

1 馬頭牆：又稱防火牆，特指高於兩山牆屋面的牆垣，也就是山牆的牆頂部分，因形狀酷似馬頭，故稱〝馬頭牆〞。主要是在村落中，民宅密度較大，不利於防火，火災發生時，火勢容易順房蔓延。而居宅的兩山牆頂部砌築有高出屋面的馬頭牆，則可應村落房屋密集防火，防風之需，在相鄰民居發生火災的情況下，隔斷火源的作用，就形成一種特殊風格。

到的是年紀大的長輩，對於和長輩閒聊的話題，他已有些疲乏。難得碰到年齡相仿的人。他藉故問路和大學生攀談。

對於眼前出現了一位年輕的流浪旅人來問路，好奇的大學生一個一個湊過來加入聊天，最後邀請王德到他們的住處吃飯。王德許久沒有和一大群學生坐在餐廳吃飯，他已脫離那個時代快十年了。今日的邀請，令他彷彿回到了學生時期。

晚飯後，熱心的同學們替王德打包了些菜讓他帶在路上，幾位投緣的同學陪王德走到縣城。其中有人剛好生日，一行人買了啤酒，到了縣城裡的一座小公園慶生。

「王德，你要來這裡旅行的時候怎麼和家裡溝通的？像我想到台灣去唸書，但我的父母卻很反對，而且態度很強硬，我到底該聽他們的話好好的在這讀書、工作呢，還是我應該堅持實現夢想？如果我去做了，又會和家裡鬧革命，到底該如何選擇？」一位同學困惑地問。

「傳統的孝以聽父母的話、長大能奉養父母、傳宗接代為『孝』。但『孝』不應該如此陝隘的設限。對我來說，『孝』就是把父母給予我們的生命發揮到淋漓盡致，並對社會有所貢獻。」

「起初，我要來中國徒步也不知道怎麼和家人說，出發前，只留一封家書。曾經有向父母提過此事，但父母及親戚反對的聲浪一波接著一波。後來，我選擇沉默以對，因為那是他們的價值觀、他們的立場，我選擇尊重不評論，暗自祈禱他們能理解。到了廈門，朋友在社群網站上，分享了一張我出發時的照片，並替我和父母解釋：『我能體會父母要保護子女的心情，但孩子總得要成長，要相信自己的孩子沒有這麼軟弱，一定可以完成他想做的事。』一開始父母看到這訊息時很擔心，想盡辦法聯絡我，我傳了網路訊息和他們報平安。說了也神奇，也許祈禱發生了作用，父親傳訊和我說：『你就放心的去走吧！我相信你一定能做到的。家裡的事我會處理，你如果需要錢或任何幫助盡量說，我們都會支持你的。』

看到父親傳來的訊息，那刻，我流下了眼淚。從小，父親對我要做的事總是不認同，從來沒有鼓勵過我。在印象裡，他是威權的嚴父；如今，這重大的改變，令我十分感動！或許，除了急於說服父母，產生許多誤會的這條路之外，還有其它的可能。如果是發自內心真的想這麼做，就去做吧！結果不一定完美，但這純粹的心念也會影響周圍的人的心念，繼而擴散出去。」

那晚，王德與同學們交流了許多。他覺得冥冥中，自己似乎是被安排來分享的。

分享

光陰似箭，王德已經行走一個多月了。經過了浙江、安徽、江西來到了湖北的大城市武漢。夜晚，熱鬧的德昌商場上，燈火通明、人來人往。人們在逛街、購物、看電影，享受著都會潮流時，王德卻在這個百貨廣場上，尋找今晚要打地鋪的地方。正當王德四處觀察環境時，有人正在一旁觀察他。轉身一看，一位戴著鴨舌帽的中年男子向王德微笑地打招呼。

「你好！請問你在做什麼？」

「我在旅行，現在正在找今天晚上要睡的地方。」

「吃過晚餐了嗎？」

「還沒。」

「我剛好要去吃飯，如果不介意的話，可以和我一起。」

「好啊。」

二人走到了一間飯館，男子點了幾盤菜。

「盡量吃，不用客氣！」「我叫陳富，你可以叫我陳哥，請問要怎麼稱呼你？」

「叫我王德就好了。」

「你從哪裡來的？」

「台灣。」

「台灣啊！之前教我做生意的老闆也是台灣人。你說你在旅行是搭車？還是？」

「走路。」「真的嗎？你從哪裡開始走的。」

「杭州。」

「你打算走到哪裡？」

「西藏。」

陳哥為王德倒了杯啤酒，接著問：「為什麼你會想要來走這一趟呢？」

「我一直覺得遙遠的西方有個人在等我，他會給我一樣東西，一種能跨越種族、語言、國家的真理。得到之後，我就能明白此生的目的。」

「你說的這東西存在嗎？」陳哥一臉狐疑地問。

「我覺得有。」王德堅定地說。

陳哥吃了口菜，接著說：「今晚，不介意的話，可以住我那。」

王德故作鎮定，臉上仍難掩內心的喜悅：「好啊！謝謝。」

二人走進廣場旁的一棟大廈，上了電梯，王德心想：「哇賽！今晚要住那麼高級的地方。這還是旅行一個月以來，住最豪華的一次了！」到了陳哥的公寓，陳哥：「你在門口等我一下。」過了一會兒，陳哥手裡拿了條抹布邊拍著王德的身體邊說：「來喔！王德！給你接風洗塵囉！」王德到屋內，洗去了一個月來的風塵僕僕。陳哥好奇地問：「我可以看一下你的行李嗎？」「可以啊。」王德將簍籃裡的東西拿出。

陳哥驚訝地問：「你只帶這些東西就出來了？」

「是啊。」

「連帳篷也沒有，實在很難想像晚上是怎麼睡的。」「咦？那包是什麼？」

陳哥指著一個用布包起來的東西。王德打開來後，裡頭是兩塊木頭。

「那二塊木頭是用來做什麼的？」

「那是我要用來鑽木取火的材料，如果我的打火機不能用的話，它就派上用場了。」

「什麼！你會鑽木取火！」這時，陳哥的手機響了，在一旁講電話；王德則拿起了日記本整理這幾日的心得。陳哥講完電話後，在一旁默默地看著王德，突然問：「王德，你願意到我孩子的學校去和他們分享鑽木取火嗎？」

王德愣了幾秒，腦子來不及思考，嘴巴就回：「好啊！」

「那早上可以嗎？」

「我要花些時間找材料，製作工具，下午可以嗎？」

「好！那我先和老師確認時間。」陳哥說完，馬上撥手機安排。

王德起先有些驚訝，等回神後開始在想：「明天除了和小朋友分享鑽木取火外，還要分享什麼呢？」

內心的聲音突然回應：「就分享你的生活啊！」

王德心想：「前幾天才在想，如果有個地方住，可以讓我和更多人分享，該有多好！沒想到今天就實現了！」

次日，二人吃過早點後，王德在熱鬧的都市裡尋找升起古老之火的自然材料。他在一旁削著木頭製作工具，陳哥則在一旁拍照上傳至網路社群。到了下午分享的時間，二人來到了小學，走進了陳哥小孩所就讀的教室。老師向同學簡單地介紹王德後，就把時間交給王德。面對班上和走廊上的同學及老師，王德顯得有些興奮和緊張。拿出了手機，接上了電腦，將自然生活的照片投影在螢幕上：

「大家好！我叫王德，從台灣來的，要走路到西藏，很感謝今天有機會可以和你們分享。當初為了要去更遠的地方，我向一位原住民獵人學習更多的技能。

獵人告訴我不能光是學習表面的技能，更重要的是能否和大自然對話。」

「為了學習和大自然對話，我過著比較簡樸原始的生活。簡樸原始的生活有許多不便，讓我開始對現代生活產生了感激的心：每當肚子餓，鑽木取火了二個小時火都沒出來，那時就對打火機、瓦斯爐很感激；每當要用水，要跑到幾十公尺外的宮廟裝水，就對水龍頭一打開就有水很感激；當採野菜採了很多但都吃不飽，就對街上賣菜、賣小吃的人很感激；每當編了二個小時才有三、四公尺繩子可用，就對尼龍繩、賣繩的人很感激。過了這種生活後，對物質就很容易就滿足了，雖然較辛苦，但很快樂。從中我領悟到——不一定要回去過原始的生活，而是從這段生活中，去反觀理所當然的一切。地球資源很足夠，只要我們對萬物都充滿感謝的心，因為感謝它，你會有意識地珍惜、使用，不會傷害它。」

「接下來，和大家分享鑽木取火。」只見王德從隨身包裡的小布袋取出了二塊木頭和一根木棒，木頭一長一短，長的木頭上有一個碳黑色的V字形凹洞。接著，又從背後拿出了一個木頭做的小短弓，王德脫去了鞋子，雙腳跪在工具前，眼睛閉上，口中默默地唸著：「敬愛的神，感謝祢讓我有機會可以在這裡分享。我將用這組工具，為現場的人升起祝福之火，感謝祢的幫助。」

王德左腳踩著長木頭，右手拿著弓，弓絃繞著木棒，左手握著那塊短木頭，用短木抵著木棒，讓木棒磨擦長木頭。王德來回拉動著弓，木棒在短木和長木之間快速旋轉；不久，長的木頭上開始冒煙，煙越來越濃。停下了拉弓，那塊長木頭上仍持續冒煙，他用手輕輕地在一旁搧啊搧，木頭上的凹洞漸漸地出現了小火星，他小心翼翼地用刀子將這個小火星，慢慢地放進一團絨絮裡，雙手捧著這團絨絮，嘴巴在絨絮上緩緩吹氣，絨絮上漸漸地冒起了煙，煙越來越大。最後，一團古老之火誕生在眾人眼前。現場的人都為這神聖的火而驚訝和感動。

王德拿起了木棒繼續說：「這個木棒叫鑽火桿，象徵陽性，而有個黑洞的長木頭叫鑽火板，象徵陰性，陰陽結合後，生命就從中而生。希望這把火，可以持續點燃我們對萬物感謝的心，祝大家幸福、喜悅、和平，謝謝！」現場掌聲不斷，所有人都為之喝采。

分享結束後，陳哥見迴響熱烈，又為王德安排到小學、中學甚至大學分享。規模一次比一次大，反應一次比一次熱烈。除此之外，陳哥也在網路上分享。有人想請吃飯、有人想請他去分享、有人覺得他很了不起、有人覺得他很偉大、有人覺得他是股正能量。陳哥對待王德也像是親兄弟般，帶著他吃美食，遊覽德昌。

轉眼間，王德已在陳哥那住了二個禮拜，從一個會被人避開的流浪者，漸漸地變成了備受禮遇的奇人異士。面對此反差，王德起先覺得很開心，但日子久了，總覺得有什麼地方怪怪的。

某日，王德坐在窗前畫畫，陳哥：「你喜歡畫圖嗎？」「喜歡啊！」「你之前有學過嗎？」「沒有，是這次旅行時才開始的，平常沒事的時候就會畫。」「我之前到拉薩旅行時，認識一位畫家，他的畫很特別。」陳哥說完後，拿出手機的照片給王德看，王德看到一張張藏地風情的油畫，每張畫都栩栩如生。其中一張老喇嘛對三個小和尚講道的畫，王德覺得很特別，不知為什麼，他的視線總離不開那幅畫。似乎，畫裡有什麼難以言喻的東西。突然間，內心的聲音說：「去吧！該上路了。」

王德沉思了一會兒，開口說：「陳哥，這些日子謝謝你的照顧，我想是時候要上路了。」

陳哥一臉驚訝地說：「怎麼好好的突然說要走了呢？是不是哪裡覺得招呼不周？要不要再多停留幾天？還有很多學校等著你去分享，我也還想帶你到其他地方逛逛。」

「謝謝你的挽留，這些日子我很開心，也很感謝你。因為你的關係，讓我有了機會可以和更多人分享。但內心的聲音催促著我要趕緊上路了。」

陳哥見狀，沉默了一會兒，接著說：「這樣好了，我陪你旅行一段路，算是送你一程。」

「你說真的嗎？和我一起走路要在路邊打地鋪，吃的很簡陋，也不能洗澡，你確定你受得了嗎？」

「我想體驗看看你的生活。你吃什麼我就吃什麼，你睡哪裡我就睡哪裡，你一天花多少錢，我就和你花同樣的錢。如果真的受不了，我會自己搭車回來，就讓我和你走一段！」

「好好好，你要來就來吧！」王德受不了請求便答應了。

送行

離開武漢後，踏上了西行的步伐。

旅行背包、休閒方格衫、時尚慢跑鞋、鴨舌帽、口罩。王德的身旁多了一位打扮較都會的旅人，氣氛顯得有些不同。

中午，二人路過一處工地。「王德，想不想在這吃午餐？」「如果可以的話。」「看我的！」只見陳哥彬彬有禮地向正在打飯給工人的工頭說：「師傅你好，我們是要走路到西藏的旅人，可否方便和你們買份工人餐？」

打飯的師傅馬上拿來兩個大碗說：「來來來，趕快一起吃。晚點就沒了！這餐不用錢！」

王德心想：「原來還可以這樣啊！」

二人用餐後，繼續上路。或許想替王德探路，打點好一切，也或許是路上風沙太大，想趕快走到沒有風沙的地方，陳哥總是走在前面。二人路過了聾啞學校。

陳哥突然提議：「王德，你想去裡面和小孩們分享嗎？」

「可以啊，但是裡面都沒有我們認識的人，這樣臨時造訪，有可能嗎？」

「只要你願意，剩下看我的。」

王德點點頭。

只見陳哥一樣是彬彬有禮地向門口警衛問好，不急不徐地介紹王德的目的後，警衛連絡了校長，校長竟然願意讓突如其來的二名陌生男子進校與同學分享。二人走進校園，馬上看到路上有一根很適合做取火弓的樹枝。陳哥笑了笑看著王德說：「這下跑不掉了吧！」王德撿起了樹枝笑了笑，覺得實在不可思議，似乎事先安排好的。

他走進教室興高采烈地與聾啞的學生分享在台灣的自然生活，一旁有老師用手語翻譯。投影分享結束後，來到操場，全校的學生向王德圍成圈，等待王德分享鑽木取火。他脫下鞋子，取出工具，雙腳跪在工具前，默默地祈禱：「敬愛的神，感謝祢的安排，讓我可以來到這裡與這群孩子分享，感謝祢的幫助，讓我能升起一把祝福之火，將這份來自祢的愛，持續點燃現場每個人的心。」一開始，小小火苗閃起又滅去，王德隨即請圍圈的同學一同給予火祝福的意念，再繼續拉動著弓。一會兒，火苗若隱若現，王德小心翼翼地給予氣息，火倏地升起、燦爛的火光令人屏息─有的孩子哭了，雖然他們看不見或聽不見。

分享結束後，天色漸暗，二人出發尋找今晚要打地鋪的地方。走在熱鬧的城市裡，陳哥當起在地嚮導向王德導覽埔京市。二人經過了一間賓館，陳哥開玩笑說：「不知道裡頭能不能打地鋪？」

王德不以為意地回答：「你可以試試看。」心想：「怎麼可能？」

陳哥一個快步走進賓館，王德也跟上，只見陳哥落落大方地向老闆娘打招呼並表明目的，沒想到，老闆娘竟然答應讓二人在一間麻將室打地鋪，瞬間跌破了王德的眼鏡。二人心懷感激地鋪上地墊，進入夢鄉。

很快的一周的時間就過去了，二人一同前進了二百公里。每當陳哥提議要不要和誰共食、或要不要和誰借宿時，王德總是覺得陳哥異想天開，但陳哥總會用他一貫的態度，出乎王德的意料。從前，王德總是以獨來獨往的方式在旅行，也不喜歡去麻煩別人；但陳哥的出現，似乎是上天安排陳哥來教導他—如何不卑不亢地向人表達自己的需求。王德發現許多的不可能，都來自於不擅長表達的自我設限。

二人來到了荊州，陳哥：「我今天突然想吃雞，待會我到前面買隻雞，你在這等我一下。」過了一會兒，陳哥提了一隻雞、水果和乾糧回來。

王德好奇的問：「怎麼今天突然想吃大餐了呢？」

「今天是我生日，當放我一天假，就聽我的吧！」

王德點點頭笑了笑。

二人到一旁的巷弄裡，向人家借了桌椅，擺了簡單的壽宴。王德用身上的刀子將黃瓜雕了「四」、「十」兩個字，上頭再用小番茄裝飾，將這二個字放在饅頭上，當作是蠟燭，唱起了生日快樂歌。一旁的人家感受到歡樂的氣氛，邀請二人晚上到餐館，並安排二人去住三星酒店。

夜晚，一伙人杯酒言歡，在陳哥的提議下，王德也獻唱了一首歌。餐宴結束，二人回到房間。正當二人準備帶著這份喜悅入眠時，陳哥突然語重心長地說：「王德，今天我真的很開心，我真想和你就這樣一路走到西藏去，但我只能送你到這裡了。明日，我就要搭車回去了。」王德被突如其來的話給說愣了。

「我這裡有一千塊現金，你帶在路上。」陳哥接著說。

「不用，你為什麼要給我錢呢？我的旅費很足夠。」

「其實我本來想趁你不注意的時候，塞在你的行李裡的，但我覺得還是要和你說，你就收下吧，這樣我才能安心。」王德沉重地從陳哥手中接過這一千元。

「我之前向人借錢做生意，後來都賠光了，我得趕緊回去工作還錢，我就只能幫助你到這裡了，很抱歉。」

王德眼睛泛著淚光：「你快別這麼說了，你幫我很多了，也教了我許多東西，我很感謝你。」「只是你既然，手頭那麼緊，為什麼還這麼慷慨地為我付出這麼多呢？」

陳哥沉默了一會兒說：「我也不知道，總覺得要幫你一把，不會想到自個兒那些事了。」

王德噤不住的眼淚嘩然而下，抱著陳哥說著：「謝謝！謝謝！」

伙伴

與陳哥分開後，回復到往常的自在；但少了個人在一旁嘮叨，王德心裡頭又覺得怪怪的。

從荊州到重慶的路上，有著一座座墨綠色連綿不絕的山巒，氣候時常下雨，這多山多雨的景象也令王德想起了家鄉。在前往梛平鎮的路上，一位年約二十六歲的青年，頭戴著平沿帽，背包上掛著一口鍋子，坐在路旁削著竹子。王德好奇地問青年：「你好，請問你在做什麼啊？」「我在做笛子。」「笛子？」「是啊，一個人旅行無聊，做做東西，吹吹音樂，打發打發時間。」「你要去哪裡？」「我從武漢開始搭便車，從荊州開始徒步，目的是成都。」「成都？這麼巧，我也是要徒步到成都。我叫王德，請問你怎麼稱呼？」「我叫阿木。這樣好了，我倆要不一起同行，路上有個伴也不無聊？」「好啊！」二人一同上路。

「阿木，你為什麼出來旅行？」

「我之前在武漢開麵店，一開始生意不錯，但後來經驗不足倒了。我想藉由旅行來增廣見聞，同時也是磨鍊自己。你呢？」

「我在找一種能跨越種族、語言、國家的真理。」

「啥？那是什麼？」

「我也說不上來，只覺得很遠的西方有個什麼在等我，我到那就能找到它了。」

「你說的這樣的真理存在嗎？」阿木搔搔頭問。

「我相信有。」

「你有信什麼宗教嗎？」

「沒有。」

「如果你找到了記得再和我分享。」

陡坡的路段在有人相伴聊天之下緩和了些。晚上，二人找到了一處廢棄的空屋，阿木熟練地架起鍋子，拿出調味料和麵條，升了火，展現了自己的拿手本領。二人圍在火旁邊一起共食。

「我看了地圖，明天我們可以走這條路線，這樣可以避開五公里的山路。」阿木指著手機的地圖說。

王德點點頭說：「嗯，就這麼走吧。」

次日，二人沿著高壓電纜的路徑下切至山溝。「咱們這地大，高壓電纜走的路徑都是最短的路徑，跟著電纜走準沒錯！」阿木自信地說著。王德從前只沿著公路前進，即使具備野外生活技能，也未曾要跨越舒適圈。阿木則時常離開公路，走進山林，因此較常出現一些驚喜：廢棄百年的老土屋、讓兩人吃到飽的野生柿子(但都吃太多吃到拉肚子)、奇形怪狀卻好吃的拐棗、如同刺蝟全身是刺的板栗……等，還有各種野果以及遺址皆藏在山林裡等著二人去挖掘。

二人平日吃的素。有時候，阿木嘴饞想開葷，就會跑到垃圾堆裡找正在分解廚餘和紙類的蚯蚓當作魚餌來釣魚。有時候他會突然跑到路旁的水溝，伸手進土裡翻攪藏在水溝土裡的螃蟹。有時又會拿著彈弓，獵取鳥類。不知是否和王德的意念有關，每當阿木這麼做時，王德總是在心裡默禱失敗。所以阿木的魚總是釣不到、抓到的螃蟹總是逃脫、彈弓總是射偏。

某天的傍晚，疲憊的二人走在田野間，村子裡的狗吠著，似乎警覺到有外人進入。王德提議：「天色不早了，村子裡的狗也一直叫，要不我們就在前方找戶人家借宿打地鋪如何？這樣狗就不會一直叫，吵到其他村民。」

「如果都要拜託別人，我寧可睡在野外。」阿木不悅地說。

王德心想：「真是的，前面就有戶人家，只要開個口向人借個位置打地鋪，怎麼也比睡在田野小路上舒服，況且村子的狗還一直叫。算了，以前我也是這樣的，就陪他睡田野吧。」

夕陽西下，二人找了處較寬廣的地方，動作盡可能地放輕，鋪上各自的地墊，吃了些水果就入睡。而村子裡的狗，從二人一進村就一直叫，直到二人躺下也未曾停止。天色漸漸變暗，狗兒似乎也累了，停止了吠叫，二人總算可以靜下心來睡。

正當放鬆時，突然一聲洪大的「喔喔！」嚇得二人直冒冷汗。吠聲從遠處漸漸靠近，有狗發現二人尚未離開村子，通知了其他的狗，其他的狗從遠處過來。四隻狗觀察著二人，在距離幾公尺的範圍叫著。王德心想：「完了！快靠近了！到底要不要起來把牠們趕走？如果起來的話，這樣全村的狗都會狂叫，今晚也甭想在這裡睡了！」

正當王德猶豫的時候，狗兒漸漸靠近，二人心跳不斷地加速，嚇得一動也不動。王德憋住呼吸，慢慢地吐氣、緩緩地吸氣，內心不斷地說著：「狗兒們，很抱歉我們沒有和你們打招呼就闖到你們的領域。我們是徒步經過的旅人，因為天黑，身體疲憊才在這裡打地鋪，希望你們允許我們在這裡，感謝！祝福你們幸福、快樂、和平。感謝！感謝！」一隻狗兒走近王德身旁聞了聞，叫了幾聲，就和其他狗離開了，二人鬆了口氣。

隔天，二人順著田野走，在田裡撿了一顆南瓜，煮了南瓜麵飽餐了一頓後，繼續上路。王德突然開口：「阿木，我有預感今天會有人接待我們住宿。」阿木不以為意：「希望如此！」二人經過了一天山路，又到了找地方過夜的時候了。道路旁，出現了一家小賣部。二人到店裡，買了幾樣東西吃。王德和老闆娘閒聊了幾句，老闆娘好奇的問：「你們二個小伙是在做啥的，怎會來到我們這鄉下小店呢？」王德簡單地介紹二人的目的後，問說：「老闆娘，請問我們今天可以在您這打地鋪嗎？」老闆娘爽快地說：「沒問題，你們倆就睡廚房那。你們走了一天應該餓了吧！我待會炒幾個菜，給你們補充體力。」二人心懷感激，不停地向老闆娘道謝。

某天，阿木突然靈感一來告訴王德說：「我覺得今天會有人招待我們。」王德笑笑地回：「我相信。」二人經過了一整天的翻山越嶺來到了鎮上用餐，在飯館裡炒個菜，飯可以隨意吃。二人選了三道最便宜的素菜，然後猛扒飯吃，王德一連吃了八碗飯，老闆在一旁目瞪口呆，最後不悅的加了二人些飯錢。

飽餐後，天色已昏暗不明，二人到了路旁人家借地方打地鋪。只見阿木學著王德彬彬有禮地向人表達後，主人同意讓二人在門口打地鋪。阿木搭起小型二人帳篷，二人正打算好好休息時，主人家的狗對著陌生的二人一直叫。最後，主人家受不了狗叫，請二人到其它地方去搭帳篷。二人經過一天的疲累不想再把已經搭好的帳篷收起來，就抬起了帳篷走在公路上。阿木戴著頭燈往後照作為安全標示，二人活像在抬神轎，彼此都忍不住發笑；但二人奇異的行為，令人覺得有些害怕，走了一戶又一戶，皆被拒絕。二人抬著帳篷在公路走了不知多久後，總算找到人家願意讓二人擺放帳篷，疲累的二人倒頭就睡。

九死一生

次日，二人走了小路，過了橋，王德和阿木打算穿越峽谷，直線的爬山上公路，取代迂迴的道路。

一開始，二人先往下至谷底，穿越農家的莊稼，走過竹林小徑，竹林旁有棟廢棄的老土屋。二人走到老屋的後方，發現有條上山的路。起先，路很好走，但越往上爬，路跡越來越不明顯，漸漸雜草叢生，二人揮舞著棍子勉強清出一條小路前進。到了後來，出現了比人還高的芒草，王德拿出身上唯一一把短直刀給阿木開路，阿木朝著茂密的草叢砍了數刀，未能砍斷結實相接的芒草，只能從底下清出一道縫隙，二人匍伏前進穿越了草叢來到一片樹林下。阿木異常興奮地大叫：「無論有什麼障礙都無法阻止我們前進，我們出來就是要挑戰自我極限的，你說是不是？」阿木回頭看王德一下。

王德默默地說：「除非必要時刻，否則我不會沒事去挑戰極限、浪費能量。」

阿木似乎沒聽見，直奔原始林。

「為什麼要走這麼難走的路，還不如往回走一般的道路快些。」正當王德在抱怨時，樹林的藤勾住了他的頭髮，他用手去撥開才發現是刺藤，痛的他大聲罵：「幹！」解開被勾住的頭髮後，繼續往前。

長髮和背籃上的雨傘，是王德穿越原始林的兩大障礙。雨傘時常勾到樹枝而掉落。除了交錯密佈的樹枝和刺藤外，還有近乎垂直的山壁和佈滿青苔溼滑的石頭。二人越爬越高，腳下可以立足的面積卻越來越小。王德向上攀爬時，腳找不到施力點，只能踩著裸露地表的樹根勉強地往上爬。

不知不覺二人已到了半山腰，這時，一個向上攀爬，王德一腳踩空，從四米高的陡坡上滑下，他趕緊死命地抓著任何可以支撐他的東西，一根較粗壯的樹藤撿回了王德一命。他看著碎石滑落至百米深的峭壁下，捏了把冷汗。

下午，距離公路大約還有二百公尺近乎垂直線的山壁。從早上到現在都沒吃東西的兩人體力已消耗殆盡，便坐在一處較平緩的坡上，吃了前日剩餘的幾口苞穀肉和乾泡麵，補充了些體力。

後半段的路高低落差更大，二人必須攀爬上二、三米高的山壁前進。王德踮著一旁的樹枝，奮力一跳，企圖抓住山壁內嵌的石頭，無奈手一滑，身體連著肩上沉重的背籃向下墜了約莫一公尺，重心不穩而扭傷了腳，採踏的樹枝也斷成二截。開路、爬坡變得更加艱辛。前方的阿木必須用雙手和身體在交錯密佈的樹枝和刺藤中開出路來，王德在後頭跛著扭傷的腳，用雨傘的彎把勾住樹幹，再用棍子依靠著山壁，以讓手腳產生施力點。

在這樣的處境下，王德只能專注在肢體的攀爬上，原本內心的忿怒不平已漸漸平息，王德不再抱怨，開始感謝：「感謝雙腳帶我經歷這趟旅程。感謝山林裡的萬物之靈，讓我們來這學習。感謝刺藤及所有的痛苦，讓我體會生命的順勢而為。感謝阿木，內心的一部份，像是上天安排的使者，帶我進這座山學習。祈禱所有與我連結的一切，所有的萬物之靈都幸福、快樂、和平。」

當王德把意念放在感謝與祈禱上，動作變得緩慢，有時甚至會閉上雙眼，回想獵人曾引導他矇著眼睛穿越森林的經驗。順著身體的直覺，刺藤、樹枝、腳傷已不是阻礙，在其之間緩緩地改變身體姿勢，好好地去感受雙手抓著泥土的感覺，感受身體伏貼大地的感覺，感受叢林的氣息，感受這個當下，順著一股生命的流前進。

傍晚，總算在天黑之前抵達公路，二人已疲憊不堪。沿著公路前進了幾公里，找到了一戶人家願意提供飯菜。二人和主人一家四口圍坐圓桌吃著四道家常菜。阿木端莊的夾菜，王德則不顧形象大口大口的吃著。在一番閒聊下，主人提及：「你們爬上來的地方叫作卡門，在古代打戰時，因地勢險要，修了座很高的城門來抵禦外敵，旁邊的林子更是沒人走過；聽說，以前只要看誰不順眼就將他解決後推入山崖。」王德心想：「還好我們爬上來沒看到人骨。」

三人行

清晨的露水將二人的睡袋打溼，寒冷叫醒了王德和阿木。二人走在鄉道上，道路兩旁種植了一大片用來做榨菜的蔬菜，加工廠就在農地不遠處，種好的菜到此加工後再送至全國各地，阿木一路向王德介紹著。

下午二人過了長江大橋來到了培陵區。一位皮膚黑黃、身材矮胖，像似工人的男子向二人打了聲招呼。仔細一看，此人一旁有一台手推車，上頭有塊牌子、帳篷和行李，牌子上寫著「徒步中國第二百四十天，已走五千公里，請大家支持」，二人這才意識到此人也是個徒步者。三人互相介紹後，覺得氣味相投，相約一起上路至成都。

王德的左腳隱隱作痛，但仍勉強跟上二人的腳步。阿木很高興老六的同行，到市場買了四斤的魚和其他菜，打算為這場相遇慶祝一番。傍晚，三人來到路旁的農地煮火鍋，此時，王德的腳已非常疼痛，但心中的喜悅更勝。就在三人邊吃邊聊時，公安突然出現：「你們是誰？來這做什麼？」老六不疾不徐地向公安解釋。原來是附近的民眾看見三人奇異的行為而舉報。公安看了看身份證後，就離開了。三人則興致不減，繼續用餐。

「老六你為什麼要出來走呢？」阿木好奇地問。

「我要用五年的時間走遍中國各省，體驗各地文化。然後，找一些人，將中國文化的根找回來，融入現在人民的日常生活。我想建造一艘中華文化的船，船長或船員不一定是我，只要這艘船帶人們往正常的方向前進。」

「你剛說找回中國文化的根是什麼意思？」王德接著問。

「舉個例子，日本人吃飯先會說：『領受了！』韓國人吃飯先會說：『我要開動了！』西方人吃飯前會先禱告，而中國人吃飯就說：『來！吃啊！吃啊！』現今中國的文化，就像一棵大樹但底下的根生病了，不管上面長多大，只要根病了，這棵樹就岌岌可危。現在整個中國都在向錢看，以前人的美德都快消失了。你去看，中國的寺廟、古蹟哪一個不收門票錢的？基因改良作物、毒奶粉、農藥、食品添加物、黑心商品、環境汙染、對西藏和新疆的打壓、政府官員貪汙……等問題，這有傳承到中國幾千年來的文化美德嗎？」老六激動地說著。

王德對此心有所感的點點頭。

「老六，那你家裡如何？」阿木問。

「今年我已三十了，之前在公部門當會計，有著令人羨慕的工作；今年二月決定辭去工作出來實現夢想，家人對我的行為很不諒解。孝順和找回中國文化的根，二者我選擇了後者。對於父母，只要能在父母需要被照顧時在他們身邊，我覺得就可以了。」三人暢談至深夜。

次日，王德左腳腫起，疼痛不已，老六拿了罐雲南白藥和護膝給他，並為他分擔一半重量的行李。王德請二人先行上路，三人約在前面的小鎮碰面。王德跛著腳緩緩前行，心裡向身體懺悔著：「很抱歉，因為我昨日的魯莽，讓你受苦了。感謝你的付出讓我學習。」

傍晚，王德抵達小鎮，阿木和老六到小鎮逛逛，他獨自留在村委會前畫畫、寫日記。晚餐時間，三人邊啃饅頭邊聊天。王德好奇的問老六：「老六，你要如何實現建造中華文化平台的夢想呢？」

「我五年的徒步旅行裡，第一年去除內在的雜質，將自己去蕪存菁；第二、三年用來研讀儒、道、佛經書，內化成自己的智慧；第四、五年用來找中華文化的船員；五年後，打算開一間文化旅店。這個旅店是個平台，用來提供給獨特思想的旅行者，一個思想激盪的地方；而後成立公司，對全國發動一場由民間推動的文化風潮。」

「如果你想當造船的人，我想當的是給造船者、船員、船長力量的人，我想為這些人祈禱。」王德接著說。

「你祈禱都向誰祈禱呢？」老六好奇地問。

「有的人說阿拉、有的人說上帝、有的人說宇宙、有的人說神，我則稱祂為大自然。」

「原來你是自然系的啊！」

「我向源頭學習，去了解祂、感受祂。希望有一天，能找到可以融合世間所有道理的真理。」

「相信會有那麼一天。」

三人每日總有聊不完的話，王德教老六太巴塱之歌，老六和阿木教王德大陸火紅民謠。阿木總是活蹦亂跳像似大師兄孫悟空，老六好美食、喜歡看美女像似二師兄，王德平時比較安靜，回應也簡短像是三師弟沙悟淨。三人開玩笑：「就差唐僧和白馬了。」王德說：「老六，白馬不就是你正在推的那台嗎？」三人哈哈大笑。

三人一路說說唱唱互相打氣，日子過得很開心。但也因為王德時常配合同伴前進，腳傷變得嚴重。三人同行幾周後，王德不想耽誤二人腳程，決定暫與二人分開，三人相約在成都。

重逢

成都四周群山環繞，這時已進入了立冬。在國道四一二里程牌上，偶爾會出現老六和阿木留給王德的話語。與同伴分離後，王德按照自己的節奏前進，心中自在了許多。但腳上的傷勢仍未好轉。除了左腳扭傷外，腳掌因長期的負重行走，足底的筋膜也發炎了。

清晨，山區雲霧繚繞，驟降的低溫令王德舉步維艱─手撐著拐杖，雙腳緩慢地前進。道路旁的松柏，結了厚厚的白霜。他的雙手不斷著拍打著身體，叫道：「醒來！快醒來！」但手腳已麻痺了不聽使喚。「難不成要凍死在這裡了？不行！成都尚未到，怎能就這麼倒了！」他狠狠地啃了辣椒配饅頭，喝上幾口烈酒，身體總算恢復了知覺，重新感受到疼痛。王德頭一次這麼覺得，能感受到痛楚，真是件上天給的禮物。王德不由自主地感謝身體，為了這趟學習所承受的一切，並開始祝福著身體的每個細胞。

翻過了一個山頭，王德背著籐籃，拐著腳，踉蹌的走在路上。他的眼裡只剩下到達成都的意志，身體的疲憊和疼痛，早已被其降伏。狼狽的模樣，路旁的婦人見了忍不住說：「唉唷，走到腳都瘸囉！趕快回家吧！」王德面帶倦容，笑笑的回應，直說：「沒關係，我還可以，謝謝。」婦人似乎想再說些什麼，終究只能看著王德愈走愈遠。

進入了成都郊區，漸漸人聲鼎沸、車水馬龍。王德知道自己已離目的地不遠，精神因而振奮了起來，此時一通電話令他猶如打了強心針。

「王德，我是阿金，到哪兒了？」

「阿金，接到你的電話真是太好了！我剛進成都。」王德興奮地說。

「太好了！真是牛啊！今晚我準備好飯菜，咱們慶祝！慶祝！」王德掛了電話後，身上的疼痛好像不存在了，興沖沖地前去赴宴。

二人許久未見，相互擁抱。阿金備好了一桌道地的麻辣鍋和一手啤酒說道：「來！盡量吃，咱們今晚不醉不歸。」王德舉起酒杯：「這杯我敬你，謝謝你的招待。」二人天南地北，無所不談。

「那你找到跨越種族、語言、國家的真理了嗎？」阿金問。

「還沒！現在我的腳傷得很重，需要好好的休養。」

「沒問題！住我那，想住多久都行！明早我帶你去給跌打的師傅看看！」二人回到了住處，王德洗去了幾個月以來的疲憊。

次日，阿金帶著王德找了附近知名的跌打師傅。跌打師傅：「你走多久了？」

「大概三個月了。」

「你的腳是多久以前受傷的？」

「大約一個月前，在利川附近爬山拐了。之後一路上就時好時壞。」

跌打師傅驚訝的問：「從利川到成都好歹也五、六百公里，你的腳傷這麼重，還能走這麼遠？實在難以置信！」「還好，你在這裡停下來休養，再走下去，你的左腳可能真的會瘸了。」跌打師傅一邊轉動王德的腳踝一邊說著。

「現在我暫且將你的骨頭調整至原位，但筋脈的傷恐怕得花很長時間恢復，即使恢復，也會有後遺症。如果你希望之後不是個瘸子，我看你還是回去台灣好好休養，不要再走了！」

王德笑笑地不發一語。

二人回到住處後，阿金問說：「聽了師傅的話，你還想再走下去嗎？」

「我相信我一定可以復原，順利到西藏。」

「我真服了你了。你就在這好好休息，需要什麼再和我說。」

「謝謝！阿金還好遇見你，你真是我的貴人啊！」

傍晚，王德接到阿木和老六即將離開成都的訊息，特地前去與二人相聚。阿木帶了許多菜，老六帶了酒水，三人在立交公園搭起了灶，圍在爐灶旁聊著分開的日子裡，彼此的際遇。火鍋，舉杯，對詩，唱歌。潮濕的木材升起濃濃的白煙，三人淚流滿面，不知是濃煙造成，還是離別之情產生。坐在熱鬧的城市裡烤火、喝酒、唱著太巴塱之歌。三人的心情隨著歌聲穿透了天空的烏雲，穿透了水泥建築，穿透了人與人的隔閡到達天地。最後王德送了二人各一幅畫及麻繩手鍊，用原住民古調作為與二人相識的感謝和祝福。

神秘老人

平日阿金上班，大部份時間王德獨自在阿金的住處養傷。每日除了調養腳傷外，腦子裡不停地在想如何進入西藏一事。

某日，王德來到了西藏辦事處，辦理進人西藏的通行證。他禮貌地向辦事員問好，並表明了目的，但辦事處人員給了官方的回答：「很抱歉，我們只接受政府許可的團體單位申請，不開放給外國人自由進入。」

王德苦苦哀求的說：「我只是走路旅行而已，拜託你讓我申請嘛！」

辦事員一副不耐煩：「跟你說了不行就是不行，你怎麼都聽不懂啊！走走走！不要浪費我時間！」

王德被辦事員趕了出去。

失意的王德來到成都武侯祠公園內休息，經過樹下時，心中突然感受到一股莫名的平靜感，在這平靜中又帶著喜悅的感覺，一切都是如此的美好。回頭看看周遭，一位身穿布衣的老人，面帶著微笑，靜靜地坐著，散發著慈祥和藹的氣息。

老人對王德點了頭說：「年輕人，在旅行嗎？」

王德被老人的話給嚇到了：「老爺爺你怎麼知道？」

「是到西方嗎？真不簡單！」

「連這你也知道？」王德吃驚地說。

「你是台灣來的吧！」老人接著說。

王德被老人接二連三的話語給震懾住——「怎麼我都沒說，老人都知道？」

「驚訝嗎？不用驚訝，只要你靜下心來好好的感受，你也能做到。要不要和我在這坐一會兒？」

王德馬上說：「好！」他坐在老人旁，閉上雙眼，深呼吸了幾口氣。

老人在旁引導說：「慢慢來，不要急，好好地去感受。」「感受到什麼？」

「我感受心中有某種東西阻礙了與剛剛那股平靜感連結。」

「是什麼呢？」老人問。

王德一股失落感湧上心頭：「是因為辦理入藏一事不順，而對內心的聲音感到懷疑，不知道是否該繼續前進。」

老人請王德張開眼睛，凝視遠方的大樹：「專注的看著大樹，直到它發亮。」過了數分鐘後，看見大樹的周遭散發著某種透明的氣體，「你現在看到的是樹的氣場，再繼續看。」再持續專注看著大樹，大樹漸漸發亮。心中被一股平靜感充滿，在這個平靜當中，慢慢地出現溫暖、愛的感覺，一股酥麻感從脊椎底部一直擴散到全身。王德透過注視將這感覺傳給了大樹，大樹因此而得到滋養而發亮，而大樹也散發出另一股能量來回饋，令王德全身起雞皮疙瘩。

「現在感覺如何？」

「非常的平靜，而大樹也因為我的這股平靜感而對我作出了回應。我與大樹一來一往的交流，就好像……好像……」

「像生命一樣是嗎?」老人接著說。

「對對對,就是生命!」

「要好好記得這個感覺,只要你覺察到自己陷入某些情境或狀態裡,就用這個方式與你內在的平靜連結,到時你就會知道該怎麼做了。回去好好練習,明日同一時間再來。」

王德謝過老人後回到住處。當天晚上,王德做了一個特別的夢。夢裡,手上握有二張重要的磁碟片要前往某個地方,路上經過很多的檢查哨,但都能以平常心通過,公安沒有找麻煩。

醒來後,王德思考著兩張磁碟片代表著什麼意涵?他突然想起老人教他的方法。王德凝視著窗外的大樹,數分鐘後,出現了樹的氣場;過了一會兒,一股平靜感充滿心中,樹漸漸地發亮,王德開始與自然連結。狀態持續了數分鐘後,王德突然有個靈感:「原來那二張磁碟片就是我一路走來一直在做的事,就是『感謝』和『祈禱』!只要我繼續這麼做,就能順利到達西藏。」王德興奮的大叫:

「哇！太好了，老人這個方法太神了，他一定是位高人。」

到了約定的時間，王德興沖沖地來到大樹下，一見老人就興奮的說：「老爺爺，您教的方法太神了！昨天我回去做了個夢，醒來之後，我運用您教的方式，連結內心那股平靜感。然後，我的疑惑就有了解答！」

「很好！很好！活學活用。」「在我教你這個方式前，你似乎有類似的經驗吧！」老人嘴角微微上揚。

「是啊，從在台灣的自然農耕生活到徒步的路上，偶爾有類似的經驗發生；但經過老爺爺您的提點後，我對此更熟悉了。」

「你要保持覺知的狀態。當你發現狀態不好，又要做出選擇時，你可以用此方式，提升你的能量場，以便做出對你最有利的選擇，這點對你往後的路上非常重要。」

「我會牢牢記得的！」「對了！老爺爺關於您剛提到的『能量場』那是什麼？可以多說一點嗎？」

「每個人都有一個能量場，能量場上又分為幾個不同的層次。人與人的相處也是一種能量場的互動。你是否發現和某些人在一起，那個人沒做什麼，但你就渾身不對勁；或者，有些人，你們沒有很多的對話，但彼此都感到契合。」

王德點點頭說：「嗯，的確時常遇到這樣的情況。」

「那是因為你們的能量場振動頻率的關係，萬事萬物皆由能量所組成，而物以類聚。假如你時常抱怨，你的能量場就散發出一種較低的振動頻率，而這個頻率會吸引相關的人、事、物來到你的面前，反之亦然。」

王德回想自己一路上的經驗，每當在抱怨時，的確常出現令人更加抱怨的事。

「你會祈禱是嗎？」老人又說。

「老爺爺，為什麼我都沒說，你都能知道我的一切呢？」

老人笑了笑回：「方法我教過你了，當你能運用此法如呼吸一樣自然時，你就和萬物合而為一，這時沒有什麼是你不知道的。」

「要運用到如呼吸一樣自然，實在不簡單。我生命經驗裡，只能偶爾出現幾次。」

「保持覺知，時常練習，你就可以了。」

「嗯！老爺爺不好意思！剛剛打岔了，請您繼續。」

「祈禱是一種提升能量場的方式之一，但比起祈禱，背後的意識相對更重要，這點你似乎有發現，因為那關乎你是誰的定義。」

「聽不懂是嗎？簡單來說，這個世界是由你的意識和能量構成的。從維持你的呼吸和心跳的潛意識、社會意識、高意識、極意識到超意識。大致分作這幾大類。每個意識層次與能量結合後創造出我們的實相。」

「老爺爺，我越聽越糊塗了。」

「沒關係，以後你就會知道了。現在對你最重要的是覺知行為背後的意識。關鍵時刻，用你已熟悉的方式，提升能量場，做出對於當下最有利的選擇。」

「晚了，你該回去了，好好沉思我們的對話。在你動身出發前，都可以來這找我。」

「老爺爺，謝謝您！」王德告別了老人。

回到住處，王德回想這一路的經驗：「的確，如老人所說。之前看到別人亂丟垃圾、破壞土地，我會以悲傷、憐憫的心態為他們祈禱。但當我以悲傷的心態來面對自己的內心，我的意識還是處於在二元對立的狀態，我認為自己的價值觀比較好，別人的價值觀有問題，所以我才要為他們祈禱。能量場吸引了相關的人、事、物到我身邊，自己也變得越來越不開心。後來，我開始接受一切的發生和安排，不管遇到什麼事，都用喜悅的心情為他們祈禱，我的際遇也開始轉變。還有一開始面對食物也是有諸多的批判，而這個批判心也讓我身體產生了不適感。從那次去速食店之後，開始轉換面對食物背後的意識，而我的身體就不再出現不適感，而越來越適應環境。」

「老人真的懂很多東西，明日不知道又會教我什麼？對了！他既然什麼都知道的話，那他一定也知道能跨越種族、語言、國家的真理。」

次日，王德又去找老人。

「小伙子，你似乎對我們的對話，有更深的體會了。你很能融會貫通。」

「謝謝老爺爺！」「對了！老爺爺既然什麼都知道的話，那您一定也知道能跨越種族、語言、國家的真理。」

「我知道，但那是屬於我的真理，並不是你的。除非你真的實際去做了，否則對你來說就只是個哲理而已。當你透過實際的去做，產生了經驗，與這經驗結合，這時才能產生出屬於你的真理。」

「那我能找到它嗎？」

「只要你相信，它就存在。」

「那你能告訴我此生的目的嗎？」

老人一臉嚴肅的說：「小心，你正在把你的人生交託在我的手上，這是很危險的事。不要輕易相信別人對你說的話，要懂得沉思。你此生的目的必須自己找出，因為那才會是屬於你的真理。但我能給你幾個問題去沉思，好讓你知道你是誰。很多時候你以為你是誰，但那只是你自己想要塑造的自我形象、或者別人告訴你，你應該要成為的形象，那並不是真的你。你必須穿越這些迷霧，如剝洋蔥般一層又一層的往內探尋，找回自己到底是誰，對此有所覺悟，你就能知道此生的目的了。」

「你可以問自己：為什麼會出生在這個家庭，為什麼會選擇當你父母的孩子，父母的人生觀如何，我們一生曲折的經歷究竟要把我帶往何處。將你的生命視為一整體，從較高的視野俯瞰這一連串的經歷。倘若你能好好沉思這些問題，你就能得到答案。人生最大的困難不在尋求答案，而在認清問題。只要你把問題弄清楚了，答案自然會出現。」

「回去好好的沉思，如果毫無頭緒，可以用我教你的方式，提升能量場，慢慢的你就會知道答案了。」

王德回到住處後，沉思老人的問題。但想了好久，都想不出答案。王德運用老人教他的方法，看著窗外的樹，提升了能量場，持續了很長一段時間。但仍然沒有答案出現。「怎麼會這樣呢？我不相信，再試一次！」王德再次看著遠方的樹，這次時間維持了更久，但仍然未出現答案。「為什麼？明天再去問老人看看是怎麼一回事。」

隔天，王德來到大樹下，老人依舊平靜地坐在那。

「老爺爺，昨天我回去用您教的方式提升了能量場，但答案始終沒有出現，為什麼呢？」

「小伙子，別心急。那代表你還得去經歷一些事，機緣尚未成熟。人生就是不斷地化未知為已知。你可以把這些問題交給高頻的意識，或許，就會出現一些機緣告訴你答案了。」

「我知道了，老爺爺。」「對了，老爺爺，您教的提升能量場的方式只能看著植物嗎？如果用在人身上會怎麼樣呢？」

老人笑笑的回：「你真會觸類旁通！當你用這個方法，專注地看著某人，你會投射能量給他。當你看到對方發亮時，你將你內心那股平靜的感覺傳送給對方，對方也提升了能量場，這會使對方和較高層的意識連結，做出較明智的決定。」

「那一直傳送能量給對方，我會不會因此匱乏？」

「不會，因為當你這麼做時，你是和高頻意識連結；或者你就想像你和宇宙連結，能量會不斷的流向你，再經由你傳送給對方。」

「但要注意，你只是協助對方和高頻意識連結的通道，不要有想要控制對方的想法。當你期待對方要怎麼做的時候，就失去了和那股平靜感連結了，你就處在低頻的意識。」

「這聽起來好像是個消除紛爭的方式。如果大家都會這個技巧的話，是不是就不會出現衝突、鬥爭、掠奪……等負面的行為呢？」

「會出現你所謂的負面行為，源自於人們失去了與內在的平靜連結。每個人都覺得自己才是真理，不願意把自己的價值觀放一旁，單純地傾聽別人的想法、感受。只想依著自己的價值觀去評判別人，可惜他們永遠在評判他們自己。當每個人都懂得傾聽對方，也能如實表達自己時，關係中的能量場就能順暢的流動，即使對方失去了與內在的連結，但因為你的狀態，心中那股平靜感會影響到對方和自己內在做連結，自然就不會做出那些負面行為了。」

「時候不早了！最後，讓我們一起運用這個方式，好好的活在這個當下！」

王德待在成都養傷的日子裡，每日都去找老人學習。他在老人教導下，學會了覺察自身意識，以及關於能量的種種運用方式。而腳傷也在老人的協助下痊癒了。

時光飛逝，這時已過了元宵節，即將進入立春。某日，王德來到了樹下。這次，老人不在那裡，反而多了一封信。王德拆開了信，信上寫著：「允其照見天人竟，樂享其成福慧至。」王德心想：「老人不知又再打什麼啞謎了？」王德凝視著大樹，提升了能量場，一股平靜感湧現。

王德笑了笑：「原來是這個意思。的確，是時候了！」回到了住處，收拾了行李。

次日一早，王德告別了阿金，背起了籐籃。繼續上路。

重拾

王德踏著熟悉的步伐，順著川藏線國道四一二來到了雅安。雅安市位於四川省中部偏西。東鄰成都市、眉山市、樂山市，南界涼山州，西接甘孜州，北臨阿壩州。位處四川盆地與青藏高原的結合部，境內有藏族、彝族等少數民族聚居，有「川西咽喉」之稱，也是茶馬古道所經之處。昔日的古道早已變成文明的城鎮，只留下少數幾個遺址。王德站在遺址上，遙想當年民族之間互通有無，進行經濟、文化交流的繁榮景象，與自己的旅途似乎有著不可言喻的關係。

傍晚，昏暗的道路上，一位乾瘦的大爺騎著三輪車，車上載著一位孩童，攔下了王德。二人簡單地閒聊一會兒，大爺邀請王德到家裡來歇息。二人來到了一棟紅磚木造的平房，大爺先帶王德到庫房放行李。放完行李後，他和大爺帶著十歲的孩子鴻鴻，三人到田裡拔了些菜，用大灶煮了回鍋燻肉和炒青菜，三人邊吃邊聊。晚餐後，大爺準備好熱水，讓王德梳洗。大爺：「要不在這多住幾天？我帶你到附近耍(玩)。」王德點點頭同意留下。

次日，大爺載著王德和鴻鴻到仁安古鎮，風景由恬靜的田野轉為熱鬧的市街。他看著大爺的背影—稀疏的頭髮、矮壯的身體、披著黑色大衣，吃力地踩著三輪車，用愛的泉水，澆灌著他的心。王德的淚水不斷地在眼眶打轉，內心浮現了幼年時坐在機車後座，抱著腰，望著父親背影的畫面。

三人逛了逛古鎮，來到小吃攤前，大爺探了下口袋的錢，王德知道大爺的錢只夠買一份肉串，他表示自己不餓，只管買給鴻鴻吃就可以了。大爺回說：「沒事！沒事！」轉過身，和攤販講了價，拿了二份肉串，一串給鴻鴻，一串給王德。王德咬下肉串的那刻，迸出了一段小時候和父母出遊的記憶，眼淚倏地流下。他隨口說了個理由，走到一旁拭著止不住的淚水，深怕讓大爺看見難為情。轉完古鎮後，三人回到家，到田裡摘了些菜，做了些餛飩，享受了一頓美好的晚餐，結束了一天。

次日一早，天空下著細雨。大爺載著菜到小鎮賣，留王德和鴻鴻在家，二人待在室內畫畫。雨停後，二人就到屋外的廣場，將鐵罐當作足球，屋門當作球門，二人玩得不亦樂乎。大爺回來後，三人一起坐在廚房烤火燻豬肉。

大爺問：「你要不把家人接過來住，在這兒安家，我可以幫你找媳婦。」

「這裡很安逸，我很喜歡，但明天必須出發完成旅行。」

「再多留幾天嘛！」

「這是上天給我的任務，我必須要去完成。」王德堅決的說。

隔天出發前，大爺仍希望王德多留幾天。但王德婉拒了。大爺不捨的說：

「那我送你一程吧！」大爺和鴻鴻推著三輪車，陪王德走了數公里，大爺對王德要到的地方不熟，路上不斷地問人，像父親為孩子送行般。王德導航用的手機放在口袋裡，聽從上天的安排。即使繞了遠路，心裡仍充滿感激之心。

離別時，大爺從口袋掏出一百元說：「不多，你就帶上路吧！」

王德連忙揮著手說：「不用，不用，我的錢還夠用。」

大爺眼眶泛著淚說：「拿著吧！」

二人在推託了幾次後，王德從大爺的眼睛知道，若不收下這錢，大爺會不放心。他恭敬的收下這份祝福，與二人舉手道別，轉身離去，眼淚不斷地流下。

王德回想自己的成長：「在出生的時期，是父母人生的另一個階段。父母親在年輕時，在南部銀行工作，有著不錯的收入。後來，被朋友欠了許多錢，結束在南部穩定的工作，來到北部從事代工。從早到晚勤奮地工作，為了可以早日還錢並能有個屬於自己的房子。由於爸媽工作忙碌，從小就訓練小孩能照顧自己、不依賴大人，因此培養出自己獨立自主的能力及不求人的個性。

父親認為—人生就是要去闖一方屬於自己的事業，過程中不要隨便相信別人，要懂得自己思考。當別人說不能這麼做的時候，不要相信他，你要自己試過才知道可不可以做。因為對於別人不可能，但不一定對自己就不可能；而母親個性保守，習慣按部就班地完成事情。平常除了忙碌工作外，還得打理家中的大小事。即使如此，她仍會抽空去照顧其他人。母親喜歡照顧別人，但也時常委屈了自己。母親認為－人不能自私自利，在行有餘力時，要去照顧別人，而別人也會照顧我們。

想到自己以前不懂事，總視父母的付出為理所當然。長大後，有很多價值觀和父母有所衝突，關係變得不和諧。這次，上天安排了機緣，用父母曾經關愛自己的方式，在異鄉旅行的時空背景下出現，令自己重新感受到父母的愛，並沉思了成長歷程。王德內心深深地感謝父母用他們的生命去為自己示範。原來，父母的人生觀結合後，造就了自己認為「生命就是要活得淋漓盡致，去嘗試各種可能性，而在過程中，也要照顧環境及其他生命的人生觀。」

跪拜祈禱

折多山位于四川省甘孜州境內，是川藏線上第一個需要翻越的高山埡口，與康定市的海拔落差達一千八百米，因此有「康巴第一關」之稱，是漢藏文化的分界線，翻過了折多山，就正式進入了康巴藏區。

深色的大樹錯落在白茫茫的雪地上，王德氣喘吁吁、口吐白煙，一步步的朝藏區前進。這是王德第一次爬上了四千多公尺的雪山，他在距離埡口十幾公里處的一棟上鎖的小木屋外紮營。他用一塊三米長的防水布、兩根帶在路上的幫助行走的木棍及身上的背籃，倚著小木屋搭起了一個長方形的臨時遮蔽所，空間足夠讓王德躺下來。

天空漸漸變暗，王德在遮蔽所前挖了一個小坑，裡頭放了幾塊拳頭大的石頭，升起了篝火取暖。夜晚氣溫驟降，王德用撿來的布包住炙熱的石頭，帶進遮蔽所，以維持溫暖。

深夜，隨著石頭的溫度漸漸下降，遮蔽所因王德的呼吸產生了許多水氣，這些水氣凝聚在防水布上打濕了睡袋，雖然他感到寒冷，輾轉難眠，卻也平安度過。

朝陽的紅光染紅了白雪，王德煮了些麵條裹腹後，將營地復原，繼續前行。過了埡口後，山下依然狂風大作。王德看到遠方有幾個人在馬路上，走近一看，是四位大娘躺著路上，身前都圍著一大塊皮布，地上有幾個像木屐的東西。「看她們的樣子，難道她們就是跪拜祈禱的藏族？」王德向四人打了招呼，一位大娘開口問：「到哪？」「拉薩。」王德感覺自己內心想與他們走一趟，向四人示意可否到前方放下行李後，與她們同行？大娘點點頭。起先，王德覺得自己身子壯，沒帶任何護具就直接上。跪拜了幾十公尺後，大娘們覺得這樣不行，要求要圍上皮布，雙手套上木板，王德在「咔咔」擊響聲中，展開新的體驗。

一行人每隔一段時間就會休息，坐在路旁聊聊天，吃些東西。剛開始的幾百公尺，王德覺得新鮮，但到了後來，越來越累，就像特種部隊的魔鬼訓練。路上偶爾會碰到好心人送來飲料、乾糧和錢。大娘們會將收到的禮物平均分給大家。王德起初不收，但大娘們很堅持一定要收下，令他想起原住民善於分享的傳統文化。王德將錢收在一個特定的包包，這個包包集有這一路所有人給他的善款。

中午時分，有人送飯來，一行人找了處石牆遮風、用餐。送餐的大哥問：「知不知道她們在做啥？」「祈禱。」「你為什麼要到拉薩呢？」「我在找一種能跨越種族、語言、國家的真理。」「你說的東西好像在佛經裡面有說。」「佛經我不懂，但我知道只要我一路邊走邊祈禱，到了拉薩我就能找到了。」「你雄喔！」

休息後，繼續行程。王德口中唸著六字真言，將意識放到每一個動作上，感受動作背後的含意：開始腳踏一步，雙手合十高舉過頭，禮敬天；再踏一步，雙手合十頂眉心、嘴巴，將來自天上的祝福引導至我們的意念和言語之中；然後再踏一步，雙手合十回到胸前，再將這個祝福引導至我們的行為。三步後，雙手撐地滑向前，全身伸直，額頭碰地，雙手在頭上合十，臣服在這最高的祝福之中。一行人一路叩到太陽沉入山，天空由金黃到淺藍再到深紫，直至黑夜。

晚上，一行人各自回住處，王德和一位較年輕的大姐回家。下了車，走了幾十分鐘沒有路燈只有星光的夜路。一路上二人沒說什麼話，只聽到這位大姐低聲地唸著經。走過了木板小橋，來到了大姐家。

屋裡簡樸的擺設，牆壁上掛著喇嘛的像，沒有隔間。大姐的孩子年約十六歲，正準備著晚餐。王德簡單的盥洗，坐在火爐旁寫筆記。大姐的先生回來了，用簡單的普通話問候，王德與他們分享畫冊和今日的照片。大哥說她們要從康定一路叩頭至塔公，預計一個月，從她們出發到現在已經十多天了，明天開始她們就不回家裡睡，要把所有的行李帶上路。

「明天你要和他們一起上路不？」大哥問。

「明天我要到都郎橋鎮，可以再與她們同路一段。」

「大哥，為什麼藏族要叩長頭呢？」王德問。

「因為我們相信這是給神佛的最高禮敬，透過跪拜消除意、口、身業。如果一生有一次可以向神佛禮敬，那麼家人、祖先、來世都會受到和平的祝福。而我們看到路上有人這麼做時，我們也會盡可能地幫助他們。因為那對我們來說，是非常榮耀的行為。」

晚餐後，已十點多。全部的人在大廳鋪好被蓋就寢。

清晨天未亮，整理好裝備後，三人坐在機車上，前往與其他人會和。會合地點是一行人昨天結束跪拜的地方，今天繼續開始。四周尚未甦醒，只有繁星照耀。由於睡眠不足，又沒吃早餐，王德的動作顯得有些吃力。「早餐，什麼時候吃早餐？不對，我應該專注在祈禱上。」王德的意識不斷地來回擺盪。天空漸漸亮了，陽光撒在每個人的身上，讓疲憊的身心帶來了一些能量。跪拜了好一段路，才在寺廟前用餐。簡單的糌粑、酥油茶和油條裹腹。休息了一會兒又接著上路。雖然補充了能量，但王德因受狂風吹和長時間的叩頭，出現了頭痛的症狀。

中午，王德與四人分道揚鑣。一位大娘拉著載滿行李的三輪車，後頭一位幫忙推；另外兩位大娘和王德要了繩子和自己的腰帶綁在一起。

「你們要這個做什麼？綁東西嗎？」王德問。

「你看就知道了。」大娘用簡單的普通話回答。

只見其中一人開始三步一叩，另一位拿著連結好的繩子測量跪拜的距離，然後二人拉著測量好的繩長，一前一後不斷地交替，沿著山頭的方向前進。

大娘說：「前方路況不好，用繩子代替叩頭，等到了路況好的地方再把沒叩的補上。」

說完後，一行人與王德互相祝福道別，消失在山頭。

第三幕

軟弱

有時候，必須承認自己的軟弱，
放下自以為的堅強包袱，
接受他人幫助後，再成長茁壯；
於是，更懂得謙虛和感謝。

軟弱

叩完長頭後，精疲力盡的王德，背著沉重的籐籃，搖搖晃晃地前進。虛弱的身體禁不住強風吹拂，便躲進了民宅巷內。坐在地上休息了好一陣子，他覺得身體好累，好想睡覺，很想就這麼躺下。王德祈禱可以有個地方讓他好好休息，上天馬上做出了回應。

一位大爺從農用車下來，王德打了招呼，大爺邀請他去家裡休息。穿過了牛棚和馬棚，來到了室內烤火，大爺端出了奶渣子、大膜、酥油茶和糌粑招待。王德飽餐一頓後恢復了些體力。不懂普通話的老奶奶走出來，他拿出畫冊向老奶奶和大爺的兒子尼瑪比手劃腳的自我介紹。

晚餐時，王德感到身體不適，向老奶奶表示後就先去休息。深夜，王德全身發冷，肚子發脹，在被子裡翻來覆去，不知過多久後才睡著。

一早，身體仍然不舒服，吃了塊薑呼吸調理後，發冷的情況改善了，但腹脹的情況依舊，全身無力。他不好意思打擾大爺，早飯沒吃就與他們道別，勉強身子上路。「如果能在大爺家多待幾天該有多好，想和大爺和尼瑪一起養牛、騎馬。」王德全身酸痛無力，肚子翻騰。搖搖晃晃走了幾百公尺，就到一旁的樹林腹瀉。他躺在樹下，祈求樹林給他力量，祈求大地帶走病痛。但祂們似乎沒聽見。王德一直猶豫是否要厚臉皮回到大爺家休息一天。他深深地呼吸，看著周遭的樹，直至發亮，提升了能量場後，決定回去找大爺。雙手撐著拐杖，用意志撐著軟弱的身體，來到門前，用虛弱的聲音叫道：「有人在家嗎？是我。」

老奶奶緩緩地開門。

「我身體不舒服，可以在這裡休息不？」老奶奶示意快去躺在床上，他倒頭就睡。

下午，身體好轉了許多，王德畫了張老奶奶的肖像送給她表示心意。晚餐後，與大爺一家分享旅途的照片後就寢。

次日，告別了大爺一家。前往東龍雪山的路上，一位短髮、年約二十歲的小伙子向王德打了聲招呼：「你好，我叫一春，河南來的。」「你好，我叫王德。」「你是不是要徒步去西藏的？」「是啊！」「太好了，我也是要去西藏的，我從河南一路搭便車來到這裡，正想找人帶我爬東龍雪山，你可以帶我一起走一段嗎？」

王德從頭到腳打量了一春，輕薄外套、一個側背包和小背包，連帳篷、睡袋、水瓶都沒有。

「你這樣的裝備爬雪山很危險，我勸你還是搭車到市區比較安全。」

一春露出懇求的表情說：「王德大哥，請你帶我爬東龍雪山，我會很感激你的！」

王德猶豫了一會兒說：「好吧！但你要聽我的，我才能確保你的安全。」

一春連忙道謝，二人一同上路。

王德見一春預算有限，連件厚的外套都沒有，他到都郎橋鎮上的角落，分享了拾荒技巧，為一春添了些裝備。傍晚，王德向人打探到距離山頂的路約莫十幾公里，二人找到了一戶好心的大爺收留。大爺準備了飯菜邀請二人一同用餐，大爺看著王德說：「看到你，就讓我想到一個故事：「從前有個心地善良的窮和尚和一位富和尚，他們都想到拉薩求佛，富和尚想到要準備許多行李，還得經過崎嶇險惡的地形，且聽說一路上有許多強盜，他害怕會遭遇到危險，因此他選擇放棄到拉薩；反觀，心地善良的窮和尚，身上什麼也沒有，只帶著一個缽，餓了就向人化緣，累了就找地方打地鋪，翻山越嶺，飽受風霜和水土不服之苦。經過了一年，終於完成了拉薩的求佛之路。」

大爺接著說：「有錢、心腸不好，到不了目的地。沒錢、心腸好，處處有菩薩保佑。希望你們路上有能力也要幫助其他人。」王德心想：「這是不是上天暗示我要幫助一春？」晚上，三人坐在爐火前，烤火、聊天，王德向一春分享旅行的經驗。

次日，二人用過酥油茶和糌粑後，繼續前往東龍山。東龍山上樹木林立，和之前的高山有著截然不同的樣貌。高原上空氣稀薄，二人氣喘吁吁。

傍晚，二人到達了山頂。王德發現不遠處有間山屋，屋裡有些柴火和一口爐子。

王德勸一春：「趁著天色未黑，公路上還有一些車子，趕緊搭車下山，你身上的裝備不足，待在這會有危險。」

「王德大哥，我很想留在雪山上體驗一晚，請你讓我留下！」一春懇求地說。

王德猶豫了一會兒說：「好吧！既然你這麼決定，我就盡量協助你，但還是要再提醒你，這一點也不浪漫，可能會有生命危險。」

「我已做好準備了，謝謝你！」

二人進屋後，搜尋山屋裡任何可用的資源。王德在一處牆角找到了床、幾塊毛皮和一塊黑色、粗獷、頭髮編織成的地墊。「一春，你很幸運，這些東西應該足以讓你度過今晚的寒冷。」二人安置好地鋪後，王德請一春到外頭挖些雪回來，準備煮水下麵。一春提了二桶雪回來，王德熟練地升起火，冰冷疲憊的心因熱食而活了過來。二人圍在火爐旁聊天，直至眼皮沉重，各自回鋪蓋入眠。

夜晚，東龍山上風雪肆虐，山屋的門窗砰砰作響。王德睡到一半，突然覺得肚子有些發脹且隱隱作痛，他捲緊睡袋，心想：「沒事，沒事，睡個覺就沒事了。」但疼痛沒有因此而安撫，反而愈形激烈。後來，王德受不了，急忙地找了個鋼盆盛裝嘔吐物及排洩物。「難道我食物中毒了？不對，如果是這樣的話，為什麼一春和我吃同樣的東西沒有事呢？究竟是什麼原因呢？」他一邊上吐下泄，另一邊不斷地按摩穴道，希望能有些好轉。

同一時間，一春一方面被頭髮編成的地墊扎得不舒服，一方面又覺得很冷，躺了許久都睡不著。二人折騰了大半夜，王德已非常虛弱了。一春也冷得受不了，請求王德為他升把火讓他取暖。王德咬緊牙根撐起身體，在手機的微光下，找尋任何可以當柴火的東西。他用僅存的氣力為一春升起火後，急忙上吐下泄；之後又教一春如何用僅存的木頭維持火到天亮，說完身體立即倒地。

天漸漸亮了，山屋外已積了一層厚厚的白雪。二人都熬過漫長的黑夜，吃了些乾糧，補充了些水份，王德用虛弱的身體和一春將山屋回復原樣。「這個帽子和這個竹壺你帶著，到拉薩的路還很長，好好照顧自己的身體。」王德將阿金送給他的鋪毛軍帽轉送給一春，二人將行李放在馬路旁。王德內心掙扎著到底要搭車求助，還是要走下山？

「搭車吧！」內心的聲音說。

王德嘆了口氣說：「一春，請你幫我到路上攔車，我想下山調養後，再上路。」

一春頂著強風到馬路上去攔車，一輛麵包車載著一春及虛弱的王德來到龍鳳村，二人互道祝福後就此分開。王德怎麼也沒想到，他向一春分享那麼多旅行的經驗，但最後自己反而被一個初生之犢給救了，他感到有些慚愧。

下山後，王德找到一戶人家收留，大爺安排他住在放滿經書和佛像的誦經房。王德倒頭就睡，但肚子仍不停地翻攪，不時爬起來拉肚子。不知過了多久，大爺的家人工作回來，大娘請王德一起用餐，他吃了幾口饅頭後，有了些力氣，但身體仍顯得虛弱。大娘拿了一粒白色藏藥給他，王德手握著藥，心中默禱：「敬愛的神，感謝祢的幫助，透過大娘傳遞給我，感謝這粒藥丸所有的成分，感謝祢們讓我身體恢復，感謝！」祈福後吞下。飯後，他坐在火爐旁，回想這幾天的經歷，順手畫了張畫。

次日，大娘的藥似乎發揮了作用，王德停止了腹泄。用過了昨夜的饅頭，他告知大娘行李暫放家裡，要搭車到山上把昨日的路補回來。

東龍山上豔陽高照，有別於前幾日的天氣。一望無際的草原，沒有包袱的王德走起路來顯得自由奔放；沿著山谷前進，中午就回到了大爺家。大娘見王德回來，親切地說：「今天再休息一天吧！把身子養好了再上路。」王德謝過後，花了些時間將身體和衣服清潔了一番。清洗後，王德感覺神清氣爽。下午的微風徐徐地吹，溫暖的陽光下，氂牛和小狗嬉戲，一旁隨風搖擺的青稞田，發出颼颼的聲響。王德和大爺坐在田埂上，二人不發一語，感受這平凡的幸福。

大爺開口：「我們去前面的白塔轉吧！」二人順時針方向繞著白塔，大爺手拿佛珠，邊走邊念六字真言。王德邊走邊祈禱。轉了幾圈後，二人坐在一旁。

「你為啥要來走這趟？」大爺問。

「我想找尋一種能跨越種族、語言、國家的真理。」王德嘆了口氣繼續說：「但說來慚愧，走了那麼久，至今還沒找到。倒是一路上麻煩了許多人，前幾天還病倒了，所幸大爺你們的收留，才有今日。」

大爺拍拍王德的肩膀：「你這樣一路走來，不簡單啊！」

經過了病痛的洗禮，王德領悟到：「有時候，必須承認自己的軟弱，放下自以為的堅強包袱，接受他人幫助後，再成長茁壯；於是，更懂得謙虛和感謝。」

陪伴

乾塘，平均海拔四千公尺，有著「世界高城」之稱。王德來到了乾塘的白塔公園休息。公園裡，巨大的白塔旁有棟建築物，裡頭有著三層樓高的轉經輪。王德和藏民們繞著這個巨大的轉經輪邊轉邊祈禱。後方放著喇嘛的照片及許多金色的佛像。進入轉經輪前，鋪著數十張地毯供信徒跪拜祈禱。

出了縣城後，路上一位背著吉他的徒步者向他打了招呼，二人閒聊幾句後，相約一同上路。

徒步者小天說：「王德，這裡徒步要小心，這裡的狗特別兇。前些日子我經過村莊時才被狗咬而已。」

王德不以為意的回答：「嗯！我會注意。」心想：「這應該是他本來就擔心被狗咬，才會吸引這樣的事發生吧！」

二人一同行走，累了就在路上休息彈吉他唱歌。偶爾會有路過的藏族好奇地停下來向二人借吉他把玩。

傍晚，二人幸運地找到一戶願意借宿的藏族人家。

次日，二人在路上，撿了二位徒搭(邊徒步邊搭便車)的伙伴小均和小李。除王德外，其餘三人皆是二十出頭的年輕小伙子，四人同行上路。

隨著天色漸漸轉變，四人向兩處道班借宿，卻因同行的人數太多而遭受拒絕。高原上手機毫無訊號，四人攔車向人打探前方村落的距離。有人說到前方村落騎車三分鐘，有人說走路四小時，有人不明白四人的意思。單純的藏族一向活在時間之外，對於時間和距離沒有什麼概念，王德不禁讚嘆：「在他們的思想上沒有這些限制，活得多麼的自由啊！」

面對前方的未知，四人只能硬著頭皮走。瘦小的小均顯得十分疲憊。王德提議：「不如我們趁著天黑前，找地方紮營。你們身上有帳篷吧？」

小均：「我有帳篷。」

小天回說：「我也有帳蓬，但我們四人中有二人身上都帶著貴重的單眼相機，睡在野外太危險了。如果半夜被人搶劫或遭受狼群攻擊，怎麼辦？」

小李：「我沒意見，看要走還是紮營都可以。」

王德：「但是現在完全不知道前方到底還有多遠才有村落，而且小均也很疲累了。不如就趁著天黑前紮營，這樣也比較好準備。」

小天不悅地說：「你怎麼這麼自私，你什麼都沒有當然都不怕啊！萬一我們遭受不測，你怎麼負責？」

王德沉默不語，心想：「真是的，你才自私吧！因為你的恐懼要全部的人都配合你。」

小均見氣氛有些僵硬，打圓場說：「我還可以，我們就再往前走一些。」

天空由金黃轉變為淺紫，再由淺紫轉變為深藍至黑。小均已經走不動了。在漆黑的高原上，只有天空微弱的星光陪伴四人。他們不知還要走多久才能遇到人家。四人讓體力虛弱的小均走在前面，體力充沛的小李走在最後，小天和王德走在中間。四人走了許久依然沒有看見住戶。

突然，小天叫道：「快看！」只見遠方的山頭有間矮房，點著小燈，小天心想應該有人住在裡面，衝向前去大叫：「喂！有人在嗎？」矮房內似乎沒有任何動靜。小天又持續叫了一會兒，矮房仍未有動靜。小天突然叫道：「救命啊！」突如其來的一句話，令原本疲憊的王德噗哧一聲，忍不住笑了出來。

四人放棄了，繼續往前走，小均的步伐越來越慢，小天想藉由聊天來分散小均的注意力，不斷地和小均聊天。王德感覺小天的嘮叨並沒有提升小均的頻率反而對他造成了阻礙。王德建議小天說：「不如你唱歌吧！」小天：「唱歌太累了。」王德心想：「聽你嘮叨我才累咧！」

這時，王德想起曾經在台灣和同伴行走的經驗，那時一群人在台灣行腳，大家都累了，有位朋友在前頭，不斷地唱著太巴塱之歌，全隊的人因為他的歌唱而忘了疲憊。「太巴塱之歌是首高亢激昂的歌，現在在高原上，空氣稀薄，連走平路都會喘了，更何況我只剩下走路的力氣而已。」

內心的聲音說：「唱吧！現在全部的人都需要。」

王德吸足了氣，將能量灌注在歌聲上，透過太巴塱之歌的高亢的旋律傳給了同行的伙伴。

「Ho ai yan~He Yo I Ya O Hai Yai。

Hau Wai Yai。

He Yo。

He Yo Yan Hai Yo I Ya Owan Hau Waai Yai。

Hai Ye Yai。

Hau Wai Yai。」

旋律帶走了四人的疲憊感。不久後，遠方出現微微的燈火，四人覺得村莊快到了。但小均已到了極限了。經過數次的休息，幾個小時後，總算找到人家。村莊裡的人家大部份都已休息了，四人挨家挨戶的敲門，但因人數太多，沒有人願意收留。

後來，出現了一戶願意收留但每人需要五十元，小天費盡口舌向主人解釋，希望對方不收錢，讓四人進屋打地鋪。王德看到小天的模樣，令他回想起之前，自己也是因為趕夜路，身心俱疲，希望能獲得別人同情而收留；但他知道越表現得可憐，希望別人同情，別人越不想理你。

王德和主人溝通後，同意讓四人在屋前搭帳篷。小天問：「要不要再去後面找其他人家試試？」王德：「就別挑了吧！現在都三更半夜了，有這樣的地方可搭帳篷已經很好了。」小天彆扭地說：「我才沒有挑咧！」。四人在屋前緩慢地搭起了二頂帳篷，直至深夜才入睡。

次日，四人找了處草地，圍圈而坐，互相分享昨日的學習，小天頭痛在一旁躺著休息。話題聊到個人力量微小不足以影響世界，王德分享在台灣的自然生活以及周遭人的改變。一旁休息的小天突然起身，激動地說：「你不該把你自己視為偉大的人物，應該把你自己看得渺小一點。」王德正想解釋：「我的意思是……」小天還未等王德說完就說：「你太狂妄自大了，我覺得你走路的想法有問題……」任憑小天嘴下不留情，王德沉默不語，微笑地看著他。

在小天劈哩啪啦說著的同時，小均因王德的分享而感動的落下了男兒淚，眼淚不斷地落下，令其他二人有些不知所措。小李請王德繼續分享他的故事。小天似乎聽不下去跑到一旁休息。在當下，王德覺得很有趣—同時間、地點的分享，有的人憤怒、有的人感動、有的人還想再聽。

前世的因緣上

經過了長途跋涉，四人決定在多巴村找地方借宿。

「叩！叩！」「你好！我們是要到拉薩的，可以借住不？」木門緩緩打開，一位年約五十、皮膚黝黑、身材壯碩、頭盤著辮子的大爺說：「進來吧！」「汪汪！汪！汪！汪！」一隻大型的黑色藏狗隔著鐵絲網叫著，四人不以為意。「你們就待在那。」大爺指著屋旁的白色帳篷。

大伙兒從昨晚到現在都沒吃什麼東西，王德向大爺借了鍋子下麵條，一斤的麵條馬上就被四人一掃而空。大伙兒填飽了肚子，小天因為感冒頭痛窩在一旁休息，小均和小李分別在滑動人工智慧手機，王德到帳篷外找主人聊天。

「大爺請問要怎麼稱呼您？」「叫我扎西就好了。」王德與扎西大爺聊了一會兒，大爺家一位年輕人邀請王德去耍。王德興高采烈地正準備回頭往門口時，一個冷不防一隻黑色的大型藏犬悄悄從背後衝出來，一口咬在王德的大腿上，王德立刻失去重心跌倒，轉身一看被眼前的龐然大物嚇到。

沒有絲毫的時間能夠思考，大黑狗緊接朝著他的脖子咬去。王德本能的舉起左手擋，大黑狗一口咬在左手的無名指和小指，當場皮開肉綻、血流不止。扎西大爺衝上前將大黑狗拉走，大聲叫道：「快點進去帳篷！」王德異常冷靜地拍拍身上的灰塵，面帶著微笑走回帳篷。

小李和小均問王德外頭發生什麼事了，王德笑了笑。大娘拿著白酒和衛生紙進來，緊張地說：「趕快用。」小李和小均這時才反應過來—王德受傷了。大娘將白酒慢慢地倒在王德手上，酒精與鮮血混流滴下。一旁休息的小天，聽到王德被狗咬，馬上彈起身詢問眾人：「最近的醫院在哪裡？」

「久塘縣。」

「快！這個要送醫院才行，我去路上攔車，你們幫他收拾行李。」

「不用收拾了，我還會再回來。」王德說。

小天忿怒地說：「都什麼時候了，你還要回來走！你瘋了嗎？」

王德按壓著傷口堅定地說：「這是我的決定，請你們尊重我。我不想跳過這段路。」

「真受不了你！快點出來！」

扎西大爺進來，雙眼泛淚，看著王德說：「你為什麼不待在帳篷就好了？為什麼？」

王德拍拍大爺的肩膀：「沒關係！沒關係！我不在意。」

小天衝到馬路上攔車。不一會兒，馬上就攔到一台小客車。三人將王德簡單的行李帶著，護送他上車。

「你先去醫院，我們待會就會到！」小天話說完，請駕駛火速前往醫院。

車窗外，棕色山巒不斷向後移動，漸漸變成白茫茫的一片雪花天地。王德不斷地在為傷口祈禱，並想像聖潔的白光包覆著。一個小時過去，傷口的血似乎止住了，王德思考著為什麼會被狗咬呢？「我並沒有恐懼或其他負面情緒，也沒有做出任何威脅的舉動，為什麼？為什麼我被咬了以後還在笑？」王德感覺和扎西大爺以及大黑狗有某種奇妙的關係。

車子行駛了二百公里的蜿蜒山路後，將王德放在久塘縣城的大街上。「你就在這下吧！」駕駛冷冷地說。王德手握傷口，跛著腳走在大街上，褲管上仍沾著血漬，來往的路人被王德狼狽的模樣給嚇到了，紛紛側目讓道。

一輛小車緩緩駛向王德，「上來吧！我帶你去醫院。」車內一位藏族青年說。到了醫院，青年攙扶著受傷的王德找醫生縫針，王德向青年道謝後，青年離去。醫生和王德聊天，一方面分散他的注意力，一方面熟練地用針在王德的手上來回了十趟。手術結束後，小天一行人來到，見到王德已無大礙，正在吃著醫生請他的晚餐，便放心許多。

次日，小天、小李和小均決定繼續向西移動，王德則搭便車回乾塘。到了扎西大爺家，大娘和媳婦正在將一撮撮頭髮捲成一捆線球。扎西大爺見到王德拍拍他的肩膀說：「進屋坐吧！」兩人圍坐在火爐旁。

「手怎麼樣了？」大爺問。

王德半舉那包紮的手，微笑地說：「縫了十針。」

「你這幾天就在這好好休息，好了再走，吃的喝的這裡都有。」「你老家哪裡的？」王德拿出畫本介紹他的家鄉以及此行的目的。

「家裡幾個？」

「四個。」

「爸爸、媽媽在不？」

「都在。」

「那你和家裡說了受傷的事情沒有？」

「沒有，因為他們會擔心。」

「喔—不要和家裡說喔！我們是朋友嘛！」扎西大爺這番話，令王德覺得他很可愛—像做錯事的孩子，希望不要告訴對方的家長。扎西大爺的擔心，王德能明白，但王德從未怪罪他們及大黑狗，他覺得和扎西大爺及大黑狗的相遇早已註定好了，他希望能將此化作一段緣份。

世界高城乾塘，天氣變化末測，一大早，屋外已是冰天雪地，這裡比王德待過的所有地方都還要冷。扎西大爺請三位和尚來家裡唸經，王德心想：「大概是大爺家裡最近發生許多不順利的事。」只見和尚用藏族平常吃的糌粑和酥油，捏制成一錐形物體，再用糌粑做成幾個小杯，最後將酥油倒入後加入綿芯。和尚唸著經將其點燃，大伙兒圍在火爐旁聊天，幾位少婦繼續將頭髮捻成線。唸經告一段落，和尚向大爺要了些火爐的碳放入筒子，再用柏葉蓋上，一股清煙隨之而出，扎西大爺帶著這股清煙，淨化屋裡的各個角落，也淨化了在場每個人的身心。

這兩天來，扎西大爺請王德都待在室內休息，要解手的話，都會有人和他一起去。因為上次的經驗，王德現在覺得在村子裡比在野外還要危險，到別人家作客也不敢隨便亂跑，深怕又出現什麼意外。這天，扎西大爺邀請王德參觀牧場，王德正在猶豫的時候，扎西大爺隨即開口：「別怕！那隻狗我們已經殺了。牠該死的，誰叫牠咬了那麼多人！你現在可以四處逛逛了！」

王德心想：「雖然大黑狗咬了我，但應該罪不至死吧！」聽到大黑狗因自己而死，王德感到很難過，也沒心情去參觀牧場了。逛了一會兒，就回到屋內。

扎西大爺告訴王德：「我們明天就要去挖蟲草了，家裡沒有人可以保護你；為了安全，你明天要上路了！」

王德心想扎西大爺的話真是如此，抑或是為了趕走他而編造的謊言？他安慰自己別多想了。

前世的因緣下

陽光普照的早晨，扎西大爺一家忙著收拾東西。王德見事已至此，想多停留也沒辦法，帶著尚未痊癒的傷勢，倉促地用餐上路。

廣闊的高原，吹來冷峻的風。傍晚，王德找到一間無人的老舊木屋，裡頭有座火爐和許多乾燥牛糞，角落放有幾件泛舊破洞的羊毛大衣。進屋沒多久，外頭立刻下起了暴風雪，王德慶幸木屋撿回了自已一條小命。他用乾燥牛糞熟練地升起了火、鋪上羊毛大衣，天未黑就鑽入睡袋。老舊的木屋夾著一道道細縫，風雪順著細縫飄進，寒氣瀰漫四周。

夜晚，爐中的燃料化作灰燼，王德身體蜷伏著像隻快被凍死的小蟲，手腳不停抖動著，手指的縫合處也隱隱脹痛。眼睛不斷地張開、閉上、張開、閉上。在半夢半醒間，他隱約地看見幾位大爺圍在火爐旁聊天，大爺加了柴火，驅除了寒氣，一股暖流漸漸地從四肢流進身體，王德也慢慢地睡著了。

次日，海千山因昨日的暴風雪，一層厚厚的棉絮覆蓋在大地上。王德也因這場雪染上了風寒。他將木屋回復如初，繼續上路。王德曾聽陳哥提起在高原上感冒是件危險的事，因為可能引發肺水腫和腦水腫而致命，但事已至此也只能硬著頭皮前進。風冷冽地吹，王德鼻水直流，渾身乏力的跛著腳，一步一步氣喘吁吁的走向山頂；為了轉移重心、輕鬆一點，他時而轉身倒著走，利用行囊的重量拉著身子爬上陡坡。路牌已許久未見了，手機也毫無訊號，王德不知還要走多久才有人家？他那被咬傷的手和腳劇烈地疼痛著，背籃沉重的壓在又麻又痛的肩上、無情的冷風吹著刺痛的頭顱。王德心想：「若沒有受傷和感冒，這路根本不成問題。」

正當王德快要支撐不住了，他開始回想這一路幫助過、鼓勵過他的人，腦中不斷地跳出這些畫面：從他肩上的泰雅背籃到腳下友人贈送的千里鞋，從家人到朋友，從植物到動物，從山林到海洋，從台灣到中國，從上天到大地。每件想到的，就出現一股力量，從光點漸漸地匯集而成明亮的、溫暖的太陽，支持著王德前進。

越過了山峰，沿著蜿蜒的公路而下。過了險惡的環境，雲層中透露出微微的陽光，天氣慢慢地溫暖起來。空中盤旋著幾隻老鷹，路旁白雪覆蓋的大地開始出現了些綠意，靜靜的河流中，長滿青苔的石頭像似夜明珠，翠綠的光淨化了王德的心。緲緲人煙中出現了零星的幾戶人家，王德向人借了宿，窩在飯廳旁的爐子度過了一夜。

第三天，王德走到了一個喧囂的小鄉鎮。經過住家時，特別的提高警覺，留意四周。街道旁一群兇狠的野狗在二十公尺外緊盯著王德，不斷地對他吠叫。等王德接近時，十隻野狗分成左、右、中三路衝上前來。面對十隻野狗圍攻，王德單手揮舞著棍子，但即使棍子在手，受了傷的王德顯得力不從心。一隻黃色捲毛的大狗衝向王德受傷的左手，千鈞一髮之際，一位年約十歲的藏族小男孩從野狗背後衝出，不斷地擲石頭；野狗稍作退後，但仍找尋空檔撲向王德。小男孩為王德開出了一條路並緊貼著王德的背後說：「你先走，我在背後掩護你！」王德快步前進，心想：「神啊！請保佑小男孩和我都能平安無事。」二人行進百公尺後，野狗一一散去不再糾纏。

王德向英勇的小男孩道謝後告別。他實在不敢相信，在危急關頭上，竟然是一位小男孩救了他一命。

與男孩分開後，王德走過了幾座山頭，穿越了幾個漆黑冗長的隧道，隨著海拔不斷地下降，開始出現了莊稼。莊稼旁種有許多正開著白色花朵的梨子樹，河流緩緩的從一旁流過，一幅自然的田野名畫佇立在眼前。此時，精疲力盡的王德多麼渴望找個地方休息養傷。

不一會兒，一位年約五十歲，紮著長長馬尾，身穿藏袍的婦人，站在家門前向王德招手，示意要他過去。王德順著機緣來到婦人的家，婦人拿出藏大餅和酥油茶招待。已經餓了數天的王德，向主人道謝後，大口大口地將食物塞進嘴裡。

婦人親切地說：「慢慢吃喔，吃完還有。」

坐在椅子上的大爺微笑地問：「你從哪裡來的？」

王德倉促地將食物吞下肚回答：「台灣！」

「喔，就是那個蔣……蔣……」

「蔣介石！」

「對！就是蔣介石撤退的那個地方。」

「那你要去哪裡？」王德拿起畫本介紹此行的目的以及一路上的種種際遇。聽完分享後，大爺略帶忿怒地說：「要是我的話，早就打死那隻狗了！」「看你的手已經腫起來，明天我帶你去看醫生，你就在這好好養傷，把傷養好再走。」

王德一聽連忙向大爺道謝。

王德好奇地問：「大爺，為什麼你敢在不認識我的情況下，就請我到家裡住？」

大爺笑笑地說：「我一看到你就覺得很眼熟，或許，我們是某一世的家人吧！」

隔天一早，大娘在廚房裡俐落地撒上麵粉，搓揉著麵團，一旁的大灶正燒著滾水；大娘用手將揉好的麵團捏成一瓣一瓣的放進滾水裡，再加一些切碎的豬肉煮成了「麥扳子」。王德和尼瑪大爺一家六口溫馨的吃著早餐，準備開始新的一天。

尼瑪大爺騎著機車載王德去鄉內的衛生所換藥。一位穿著白袍、身材高挑修長、有著一雙明亮大眼、散發出熟齡氣息的藏族醫師走出，這位醫師比起王德所見過的藏族女子多了些優雅的氣質，令他不禁多看了幾眼。大爺寒暄了幾句便請醫師替王德治療。醫師問診後，為沾黏著紗布的傷口撒上了食鹽水，小心翼翼的將紗布夾起。

她看著發炎流出膿血的縫合處，嘆了口氣搖搖頭說：「你的手腫了那麼大，傷口都已經發炎了。」「縫針後，竟然那麼多天都還沒拆線？而且也沒換藥和吃抗發炎的藥？這樣你還要繼續走？」王德笑笑的點點頭。醫師細心地拆除患部周園的縫線，王德一時被眼前動人的姿容吸引住，傷口的疼痛似乎也因此而減緩。隨後，她將發炎處上藥包紮，並開了些藥請王德按時服用。王德一路上儘量避免吃藥，以維持身體的自癒力，但眼下的狀況，也只能暫時放下己見，聽從醫生的指示。二人道謝後離去。

接連的幾天，王德跟著尼瑪大爺一家一起生活。平日幫忙餵犛牛、抓豬、種玉米、挑水、鏟土、鋪瓦、照顧小孩；沒事的時候，就到附近的一棵百年核桃樹下畫畫，這樣的生活令王德感到莫名的熟悉。

一早，王德和大娘到牛舍擠奶，大娘熟練的在犛牛的乳頭上擠出新鮮的乳汁，王德也覺得有趣，請大娘教他。但他始終沒抓到訣竅，非但奶沒擠出幾滴，還擠得犛牛哞哞叫。二人將擠好的牛奶放進大鍋煮至沸騰，再將煮好的牛奶放進一根長柱型的圓筒中，裡頭有根棍子連接圓木柄，大娘解釋這是打酥油（奶油）的工具。王德幫忙上下的抽動木棍，讓牛奶產生油水分離後，再將其靜置。

二人休息時，大娘告訴王德，以前乾塘和久塘沒有那麼多野狗，後來修建四一二國道，沿途設置許多維護道路的道班，道班人員都會養狗來看門，但每當道班移動到另一個維護的地點時，會將原來的狗棄置在氣候惡劣、一片荒蕪的高原上自生自滅。這群被棄置的流浪狗為了生存什麼都吃，甚至會攻擊人，村裡或路上經常傳出咬死人的事件。聽完了大娘的分享，王德心想：「這群兇狠的狗，原來背後有著如此悲慘的故事，突然能體會牠們的感受、諒解牠們了。」

微風輕輕吹過翠綠的麥田，一波接一波的麥浪在陡峭的山巒下悠閒地搖擺著。王德心想：「近來發生的事情，起先認識三位同行的伙伴，然後被狗咬，再來翻越海子山時，空中出現老鷹盤旋，最後遇到尼瑪大爺，這一連串的事件，究竟在傳遞什麼訊息呢？」

有天晚上，王德做了一個特別的夢。夢裡，王德見到了一位非常憤怒的男子，殺害了另一名男子後逃離現場。警方前來調查時，現場的目擊者因為恐懼，竟然為那位兇手做偽証，幫助他脫罪。但後來那位目擊者受不了良心的譴責，在家人的鼓勵下，決定去揭發兇手，最後成為了汙點證人，讓兇手受到應有的制裁。

王德驚醒後，全身起雞皮疙瘩，他明白了為什麼會在扎西大爺家被狗咬了——原來，狗就是那位兇手，扎西大爺就是被害人，他就是那位目擊者。兇手因為前世的造業，今世成為被害者養的狗，為被害者看家，吃被害者剩下的東西。王德的出現，令狗想起了前世的記憶，憤怒地撲向他，扎西大爺因為自己的狗咬了人，為了賠罪而將狗殺死。他的出現，令一切的因果達到了平衡。

王德心中默念著：「希望扎西大爺和死去的狗都能學到自身的課題，祈禱他們都能和解、離苦得樂。」

雖然王德在尼瑪大爺家只住了幾天，但那份熟悉感卻讓他覺得好像住了幾年。王德感覺和大爺一家有著難以言喻的關係。而受傷的手在大爺一家的照顧下也康復了。近日，王德感覺到內心的聲音又在催促著他前進，雖然萬般不捨，還是開口了：「大爺、大娘，我要出發了。」尼瑪大爺驚訝地說：「住得好好的怎麼要走了呢？」「內心的聲音一直催促著我趕緊上路。」「真的不再多留幾天？」「是啊！要趕路了。」「好吧！明日，大爺家要嫁女兒，就一起送送你吧！」

黎明的陽光照耀著大地，尼瑪大爺家來了許多的親戚，每個人看到王德都不免聊上了幾句，大伙邊聊天邊包著藏式牛肉包，包好馬上放進大灶裡蒸煮。大娘拿了幾個給王德路上吃。眾人送王德到馬路上。尼瑪大爺：「記得回來要來找我們喔！」王德揮了揮手，身影漸漸消失於眾人眼前。

恐懼的能量

道路上，一輛輛載著士兵和裝備的軍用卡車，從王德的身邊呼嘯而過，浩瀚的車隊延綿了約莫十公里，朝著西行的方向駛去。「不知前方發生了什麼事？」過了一會兒，一位長髮飄逸，體格壯碩的藏族男子，騎著一披著金屬飾品和哈達[2]的駿馬，從背後經過，說了一長串藏語。

王德愣了下，藏族男子改用漢語說：「你從哪裡來的？」「我從浙江出發

2 哈達是用長方形絹布製成的禮敬法器，大都為白色，象徵純潔、吉祥、繁榮。也有藍、紅、綠、黃等不同種類顏色。傳統上，獻哈達，是藏傳佛教寺廟以及蒙古族、藏族的一種普遍而崇高的禮節。以為對方表達純潔、誠心和尊敬。在西藏，凡是婚喪節慶、迎來送往、拜會尊長、覲見佛像等，都有獻哈達的習慣。在現代藏族地區禮賓交往中，哈達已經是一種表示敬意的吉祥之物了。

的。」「你要去哪裡。」「我要走路到拉薩。」「你背那麼多行李，放上來，我幫你背，你可以休息一下。」王德道謝後將行李放在馬背上，藏族男子牽著馬和王德一起走。

「你這匹馬好駿！」

「是啊！這是一匹賽馬，牠的爸爸才剛贏得我們鄉上的冠軍。」「你到拉薩做啥子啊？拜佛？」

「我一邊走路一邊祈禱，為了完成我的天命。」

「你雄喔！你身上有沒有帶刀子？」

「有啊！怎麼了？」

「那你到前方檢查站要小心，被搜到會被公安打。」

「有這回事？」

「是啊！前些日子雅康城裡發生暴動，有尼姑自焚，我叔叔也切腹自殺，都是為了抗議政府不尊重我們。」藏族男子氣憤地說：「中共以為把我們的寺廟毀了，經書燒了，把和尚、喇嘛殺了就能摧毀我們的信仰。但沒用的，信仰早已在我們心中，是摧毀不了的。」

王德聽到藏族被不公平對待，內心升起一股悲傷及忿怒，彷彿自己的族人受到壓迫。王德心想：「為什麼一樣都是人，我們就不能互相尊重彼此的文化和信仰呢？」

高山的冷風吹著崎嶇彎延的山路，藏族男子：「前方就是檢查哨了，我先過去，因為要搜身。你就從旁邊的小路繞過吧！」王德小心翼翼的由小路繞過檢查站。街道上，持有步槍的軍隊正在巡邏著。整個縣城內，散發著一股恐懼及貪婪的氛圍，令王德渾身不自在。

雅康城是一個通往雲南、四川、西藏、青海的大城市，許多的商人、貨運及旅人都在此休息交流各方訊息及貨品，再將這些發送各地。王德在路旁吃著乾糧，一位戴著登山帽、留著長髮、年紀約莫四十的背包客注意到王德的裝備有些特別，既不像當地人也不像一般的旅人。她向王德打了聲招呼，二人閒聊一會兒，王德聽她的口音覺得有些熟悉。

「請問你的背籃哪裡買的？」女子好奇地問。

「這是我老家的兄弟做的。」

女子點點頭：「你這背籃和我老家的一些少數民族做的很像，我在老家也有一個，看見你這背籃就令我想起了老家。」

王德覺得眼前這女子不像一般內陸的背包客，問：「你老家在哪？」

「我老家在距離這幾千公里外的沿海的小島上。」

王德直覺想到：「該不會是台灣這麼巧吧！」「你可以和我多分享些你老家的事嗎？」

女子看了看王德手上的乾糧，接著說：「你應該還沒吃飽吧？我們找個方便聊天的地方吃飯吧！」於是兩人特別找間人很多的飯館，讓大家不會把注意力集中在他們身上。伙計：「要吃些啥？」「就炒兩道最便宜的素菜。」他們挑了一個較邊緣的角落坐下。

「現在可以再和我多說你家鄉的事了。」

「我家鄉雖然四周都是海，但中間卻有好幾十座三千公尺以上的高山，雖然土地沒有內地大，但卻有各種不同氣候地形，可以說是麻雀雖小、五臟俱全。」

王德看了看四周的動靜，小聲問：「你是不是台灣人？」

女子先是驚訝，而後慌張地低下頭：「嗯！」

王德經過一連串試探後，確定眼前這女子是他的老鄉，內心激動不已；這是他旅行以來第一次在這塊土地上遇見與自己文化背景相同的人，但王德壓抑住內心的興奮：「你別怕，我也是。」

女子抬起頭激動地問：「真的假的？」

「噓！你這樣會引起其他人注意的。」

「對不起，我太高興了。」

「這城裡佈滿著緊張和恐懼，天知道如果我們被捕了會發生什麼事。」

「好的，我會注意的。」

「現在我們談家鄉的事時，小心不要說溜嘴了。」

「對了！聊了那麼久還不知道你叫什麼名字？」

「我叫楊林，你呢？」

「我叫王德。」

楊林在一旁聽著王德說著此行的目的及一路上的機緣，流露出不可思議的表情。

「那你要到哪裡去？」王德好奇地問。

「我要到雲南。」

「雲南？等等，你是怎麼進來的？還有如果你要去雲南大可直接從老家飛過去，為什麼還要冒險進來這？」

「我一直覺得有段過往的情感吸引我來到這裡。一路上從四川坐著巴士，看著一望無際的草原，讓我腦中出現了一些不是這個時代的畫面。」

「什麼畫面？」

「在畫面中，那裡的居民生活方式和這裡很像，我見到自己穿著與他們一樣的衣服，開心地唱著歌趕著牛。」

「或許你上輩子是這裡人吧！」

「或許吧！後來我在邊境的檢查站被攔下，他們說外國人和台灣人都必須申請入藏函才能進入，就這樣我又回到了縣城逗留了幾天。想一想不甘願，我在老家排除了各種困難來到這裡，說什麼也要想辦法進去。後來，我問到縣城裡有麵包車願意載我進來，但條件要比其他人多二百元。我上了車，順利的過了第一個檢查站，但司機卻在雅康城前的村莊把我放下，他說下面的檢查站會更嚴格，只能送我到這裡了。我當時很生氣，怎麼和當初說的不一樣，但現在回頭想想，我能進來已經很幸運了，他雖然沒有按照當初的約定送我到亞東城，但還是帶我進來了。」

「後來？」

「後來，我沿著公路走，想搭便車來縣城，卻沒有人願意載我。」

「應該不會吧，我常看見路上有伸手攔車的背包客啊！」

「或許，從沒搭過便車的我會害怕吧！恐懼的能量讓人不想停下來載我。後來，我背著背包走了二天才到這裡。」

「你剛提到恐懼的能量可否再多說一點？」

「你是否有看過《聖境預言書》？裡頭有提到：『恐懼是一種能量意識，它存在於每個人的細胞內，是一種為了保護身體的能量，但它也會讓人無法活在當下，並且會編出一連串的故事使你產生害怕、緊張、焦慮、生氣的情緒，甚至做出掠奪、控制…等行為。』」

王德好奇地問：「那裡頭有教怎麼克服恐懼的能量？」

楊林接著說：「書中有提到：『當感受到恐懼的能量出現時，先去覺察它的存在。在覺察到恐懼的瞬間，你已用更高的視野在觀看這個情緒，而未受到支配。這時要修正念頭，專注在你想發生的事情上。倘若任恐懼的能量持續地擴散，能量場就會吸引你所害怕的事物前來。』」

暗渡陳倉

「這些話頭腦能理解，但要實際做到卻沒這麼簡單。」

「是啊！」「但你也不簡單，能在寒冷的高原上度過幾晚，走到這裡。」

「幸好我有帶一頂小型帳棚和睡袋。但我現在已經想回去了，藏區的體驗對我來說已經夠了，現在我只想著怎麼出去。對了！你走了那麼久時間，你一定有辦法帶我出去，我願意支付你費用，請你護送我到雲南。」

「費用不是問題，重點是要帶著你穿過檢查站，這比我自己穿越又更困難；況且，我出去後要怎麼回來？我們先分頭打探情報，之後再說。」

兩人分頭打探情報，往雲南的路上要經過一座橋，跨越湍急的金龍江到達對岸的山路，橋上有座檢查哨，過了橋後的三百公尺還有另一座檢查哨，王德向當地人打探是否有小路可以繞過檢查站，但當地的小販、司機、路人都說沒有，王德心想：「我又何必蹚這趟渾水，她既然能進來，上天一定會安排她出去。」

就在此時，王德聽見激烈的犬吠聲，前方有群齜牙咧嘴的狗圍著一隻瘦弱的狗吠著，像是這隻狗闖入了牠們的地盤，眼看這群狗前撲後繼地要把瘦弱的狗給撕裂時，一旁的飯館師傅將一大鍋的碎骨頭撒向這群狗。狗兒先是驚嚇的退了幾步，而後將注意力轉向那些碎骨頭，那條瘦弱的狗因此逃了一劫。

眼前這幅景像，令王德心中出現一道聲音：「帶她出去。」王德對這個聲音不太想理會，以為是其他人在說話。沒多久，心中又浮現那句話：「帶她出去。」王德此時才意識到那是內心的聲音，但他對這聲音抱持著懷疑的語氣說：「要帶著她穿過只有一條路的檢查哨，這怎麼可能？如果我也被抓了，那連我自己的追尋都會搞砸的。」

「這是個機緣，雲南那有人在等著你，和你的追尋有關，別擔心過哨的問題，只要你平心靜氣，仔細的覺察四周，你就會知道該怎麼做了。」內心的聲音說。

王德來到橋附近，在一旁觀察著哨口，他發現靠近橋的第一個哨口的公安不一定都會攔檢，公安的神情輕鬆，他嘗試走了過去，公安依然和同事聊天沒注意到他。他來到了第二個哨口前觀察，發現這個哨口檢查很嚴格，每輛車、每個路人都要攔檢，道路的下方是湍急的金龍江，道路和江面之間有一約二層樓高的六十度斜坡，而哨口面對江面的窗戶正好有棵樹橫躺在斜坡上。王德凝視遠方的樹一會兒，心中充滿一股平靜感。霎時，一股興奮感湧上心頭，「就是這條了。」王德興奮的回去告訴楊林這個消息。

「我考慮了你的提議，要我帶你出去雲南可以，但你必須和我配合，你能接受嗎？」

「現在只要能平安出去，什麼我都願意配合。」

「我發現了條隱密的路可以穿越檢查哨，但我們需要保持在特別的狀態才能順利通過。」

「什麼特別的狀態？」楊林問。

「首先，我們必須先保持在廣角視野、放空所有思想情緒，接著內心專注『嗡嘛呢唄咩吽』這六字上。」

「好的，我會盡量做到。」

王德嚴肅地看著楊林說：「不行！是一定得做到！不然你和我都會有危險。」

「嗯。」

「明天我們中午啟程，今晚找個地方好好休息。」

王德和楊林二人找了間客棧投宿並為明日的通關做了些練習。

次日，王德和楊林將身上所有醒目的衣物都放在背包裡，身著低調暗沉的深色。出發前，王德再次提醒楊林：「記得我和你說的，要相信自己做得到。」中午時分，二人來到了大橋旁，公安正值換班休息時間，態度有些鬆散；王德和楊林深呼吸幾口氣，接著用廣角視野放空所有的意念情緒，內心專注在六字真言。

他們猶如微風般輕輕的從公安旁走過，而沒引起任何注意。過了橋後，王德和楊林在第二個哨口前二百公尺下切至斜坡，金龍江滔滔的在一旁流著，二人在坡上小心翼翼的踏著每一步前進，因為一不小心他們就會掉落到滔滔江水中。此時，王德感受到楊林有些恐懼，他回頭對楊林說：「別看上面的道路和下面的水，專注在內心的六字真言。」一步一步緩慢地前進，穿越了大樹，檢查站就在二人的專注下順利的穿越了。

楊林：「沒想到我們真的穿越了！」王德：「是啊！但別高興太早，前方還有二個檢查站，我們還未完全離開西藏邊境。」二人坐在道路旁的草地上吃著乾糧休息後，沿著道路前進。晚上就在路旁的小溪邊升起篝火後，用帆布搭起的遮蔽所過夜。

次日清晨，王德坐在篝火旁煮著酥油茶，楊林仍然在睡夢中，只見楊林細語喃喃的說著夢話，忽然間，楊林驚嚇起身。

「怎麼了？做惡夢嗎？」

「我又夢到上次和你說的那個場景了。本來開心的在牧牛，後來，出現了一黝黑粗壯的男子騎著馬，帶著一群人襲擊我們村落。村落的親戚朋友大部份都被這群人給殺害，所有的東西和牛群也被搜刮，少數的村民被押回去當成奴隸，而我則被迫成為這男子的妻妾。這名男子對我很好，我也很喜歡他，但心裡卻有一股矛盾的感覺，既愛又恨。」

「後來？」

「後來，我趁著一次他酒醉時，將那白刃劃過他的脖子，當場血流如柱，而我當下也很後悔，於是我也自刎了。」

「過來喝杯酥油茶壓壓驚、暖暖身吧！」楊林從王德手中接過酥油茶啜飲幾口，看著篝火回想剛剛的夢。

「之前聽老人說，夢，是上天或祖靈要傳達訊息的一種途徑，祂將指引出我們該走的路。你覺得這夢想傳達什麼訊息給你？」

「在台灣，我和先生有二個孩子，我很愛我的先生，先生有時對我很好，但有時又會突然暴怒，嚇到我和小孩，我都搞不清楚他到底是怎麼樣的人，我對先生是又愛又恨。出發前，我掙扎很久，我擔心我的想法又會讓先生暴怒。在偶然的機會下，我透露想做這件事，他第一個反應竟然是大力贊成，還要我好好的做訓練準備。我當時非常驚訝，甚至在想他會不會要趁我不在時去鬼混？但他卻告訴我說：『親愛的，我很開心，你終於要去實現自我了。有時你對我好，我會有股莫名的情緒，我自己也說不上來，或許是不想看見你因為結婚後漸漸失去自我吧！』這個夢，似乎在告訴我和先生上輩子在這生活的故事吧！上輩子他為我做很多，這輩子換我為他做很多，但上輩子的傷害仍殘留在他的靈魂裡，以至有時會莫名的暴怒，我想我能理解他的感受了，我也明白此行的目的了。」二人將場地復原後，繼續上路。

二人行走了半日，來到了熱鬧的巴通鎮，熙熙攘攘的街道上，一輛輛麵包車排成一字，司機大聲地吆喝著。

「前面有麵包車到雲南的，我們要不要搭車？」楊林說。

「司機不一定願意載沒有身份證的人。」

「我們先不要預設立場嘛，讓我過去問問。」

一位藏族青年在路旁吆喝著客人：「搭車嗎？雲南？一個人二百元。」

「師傅我們沒有身份證可以嗎？」楊林問。

「沒有身份證？」藏族青年低著頭思考了一會兒。

「沒問題，上車，我有辦法帶你們出去。」

王德心想：「這不會被攔下來嗎？他會不會騙我們？用走的應該比較安全……」

王德察覺自己的恐懼能量正在持續擴展，他馬上凝視著遠方的山頭，深呼吸了幾口氣，閉上眼睛，尋問內心的聲音：「我們是否能信任這個青年帶我們出藏？」沉靜了一會兒，內心的聲音說：「能！」「師傅那麻煩你了。」青年走去和另一車的司機聊了幾句：「那是我舅舅，他那車人較多，可以協助我們過站。」

王德和楊林搭上了車，順著蜿蜒的滇藏公路前進。靠近檢查站時，青年示意二人趴在椅子下，青年舅舅車上的乘客先下車登記身份證，青年排在乘客之後，登記完若無其事的回來繼續開車。他們就這樣過了二個檢查站，藏族青年：「可以出來了，恭喜你們已經出藏區了。」

二人開心的看著對方：「終於順利出來了。」

共同生活

到了雲南後，二人總算鬆了口氣，心態從冒險家轉為觀光客。二人遊覽在多元民族色彩的錢江古城。錢江古城是中國歷史文化名城中唯一沒有城牆的古鎮，建築融合了漢、白、彝、藏各民族精華，形成了納西族獨特風采。商店、工坊錯落在人來人往的街道上，熱鬧的氣氛裡，傳來一陣動人的歌聲。

從那一天起，時間開始暫停，好像黑暗和黎明找不到交集。

從那一天起，我的生命喘息，好像梅雨季下不停的雨。

每一個動人的故事，背後有淒美的感情。

每一個美麗的人生，背後有感恩的心。

楊林：「這聲音好熟悉，好像在哪裡聽過？啊！那是群英和姍妮！」楊林快步地走向一對正在彈唱的男女，並向他們打了招呼。

「群英！你怎麼會在這裡？」

群英：「嚇我一跳，原來是楊林！好久不見欸！稀客稀客！」「自從上次你來『迴家』表演後就不曾看到妳了！」

「他鄉遇故知，真高興見到你們！為你們介紹這位是王德，他是台灣人，從浙江出發要徒步去西藏，是一位行者，前些日子他才帶我出西藏而已。」王德示意點點頭。

群英好奇的問：「出藏？你去過西藏了嗎？那不是得申請才能進入？」

楊林簡短地敘述一路上的經過。

群英一臉驚訝的表情：「真不簡單！那你們今晚有地方住嗎？如果不介意可

以和我們回「『迴家』基地！」

「好啊！王德沒問題吧？」楊林回頭看了下王德。

「求之不得。」

一行人到了迴家基地，車輛停在門口。王德和楊林將行李放在一旁，楊林先到屋子和大伙兒聊天，王德一個人仔細看著周遭環境：基地是三棟歷史悠久的二層樓老木屋，一棟放了農具，另外二棟的房間和窗戶披掛著些手染布，走廊排了些書櫃及舒適的沙發椅，桌上放了繪畫用具及一些創作，基地周邊種了幾畦蔬菜和果樹，屋簷上吊著彩繪燈籠。王德心想：「這到底是什麼樣的地方？到底在做什麼？」

王德到大伙兒一起工作的屋子，兩個小孩簇擁而上：「叔叔你好厲害，可不可以和我們說你的冒險故事啊！」楊林：「我們正好聊到你，趕快過來幫忙包餃子，大伙兒都等你講故事！」

「先和你簡單介紹一下。」見王德還在東張西望，群英率先侃侃而談：「我們都是來自四方『共同生活』的伙伴，這裡是一個開放空間，歡迎有緣人來共同生活。每個人會來到這背後都有一段故事，像我自己當初有躁鬱症，家人對我束手無策，朋友則常帶我來這裡；在大家的陪伴與關懷下，我開始在這邊生活，沒有吃藥也沒有什麼心理輔導，躁鬱症竟沒再發作，我也把這裡視為自己的家……。輪到你了王德，大家都對你感到好奇。」

王德捲起了袖子，一邊包著餃子一邊說著一路的經歷以及在找尋的東西。王德好奇的問：「對了，什麼是共同生活？」群英：「共同生活是一種彼此互相支持陪伴的生活模式。」王德仍然一臉疑惑，在旁的女人依姍進一步解釋：「就像我和兩個孩子，原本我們住在武漢，先生是做小本生意的，但生意失敗後就經常酗酒……酒醉後會對我們拳打腳踢。我離婚後就帶兩個孩子四處打零工，後來輾轉到雲南工作，卻遇到老闆在發薪前跑走了，一毛錢也沒拿到。失落的我們走在街頭，剛好聽見群英在街頭唱歌，當時我馬上被歌詞觸發而淚流不止，和二個孩子一起抱頭痛哭；群英看見了，就邀請我們一起回迴家基地共同生活，我和孩子每天幫忙做飯、種菜，其他婦女有空就教孩子功課、繪畫……等藝術創作。生活很簡單快樂。轉眼間都過了二年，那段傷痛已經能放下了，孩子在這裡還可以和各國、各式各樣的人交流，他們也很開心。」

「各國？各式各樣的人？」

「是的，因為迴家常開放給國內外的背包客、旅人、失落的人、失意的人及失去人生方向的人來這一起生活。每個人待在這裡的時間或長或短，也有不少人來來去去。」

依姍看著一位面無表情的夥伴說：「人本不要那麼酷嘛！也和王德分享你的故事啊！」

人本冷冷的回一句：「我？沒什麼好說的，就只是一名流浪者而已。」

依姍開玩笑的說：「你是一位很會修東西的流浪者。」人本淡淡的笑了。

晚餐後，大伙圍在火爐旁喝茶聊天，只見人本除了吃飯，手邊總是有東西在修理，王德好奇地走到人本旁。

「你好！聽說你之前是開店的老闆，怎麼會來到這裡了呢？」王德問。

人本喝了口茶，接著說：「我從小就喜歡動手修東西，長大後也到很多地方當學徒，後來我在廣州開了家電器維修的店，生意很好，可是店太忙了，根本沒時間陪妻子和小孩。後來，店裡常常讓人賒帳，最後周轉不靈，倒了。我回到家後，發現老婆也帶孩子離開了。頓時，我的人生失去了意義，我就像行屍走肉般四處流浪。有次，看到路上有人車拋錨了，一對男女下車到路上請求支援，但好一陣子，都沒人理他們。後來，我過去幫他們看車，原來是電瓶接頭接觸不良，我磨了幾下，再接上接頭，車子就發動了。那個男的就是群英，群英看我會修東西，問我有沒有興趣和他回去『迴家』，我就和他來到這兒。群英很信任我，會把迴家壞掉的東西交給我，我覺得在這裡，我可以用我的專長來幫助到其他人，就選擇留下來了。」

次日早晨，迴家的伙伴進行晨間的工作，群英邀請王德一起工作，二人用鐵絲和竹子，將倒塌的籬笆重新搭建。

「群英，這麼多人一起共同生活真不簡單，那你們有事情是怎麼溝通的？」

「我們每天會在早晨或晚上聚會的時候一起討論分享。」

「這麼多人一起生活會不會出現有意見不和或起爭執的情況？」

「當然會啊！」

「那你們都是怎麼面對這樣的情況的呢？」

「很簡單啊！就是打開天窗說亮話，雖然過程可能會出現爭吵、痛苦，但每個人都能表達自己的想法和感受，透過這個互相攤牌的過程，伙伴們更真實地面對自己，這樣可以避免自欺欺人或上演可憐戲。」

「可憐戲？」

「就是有話悶在心裡，然後覺得─自己很可憐，為什麼都沒人了解我？為什麼都沒人體諒我呢？為什麼都是我在做？為什麼我做這麼多得到那麼少？」這時，楊林緩緩走過來：「群英、王德吃飯了，大伙兒都等你們開飯。」「好的，我們走吧！」

吃飯前，大家圍成一圈、手牽著手一起唱歌，王德感受到情感的釋放與流動；唱完歌後，立即有人主動接著禱告，虔誠地道出在這當下自己與內在所連結到的感知、感謝、期許與祝福。結束後，大家各自去裝盛飯菜，有些成員也在這段時間，向大家報告一些事情，或是分享生活中的想法、感受。

晚上入睡前，王德回顧今日所發生的一切，想起老人曾提及的：「當每個人都懂得傾聽對方，也能如實表達自己時，關係中的能量場就能順暢的流動。即使對方失去了與內在的連結，但因為你的狀態—心中那股平靜感會協助對方和自己的內在做連結……。」王德覺得自己似乎更能理解老人所說的那段話了。

折返

王德在迴家待了幾天，每天和大伙兒一起工作、做菜、唱歌、創作、烤火。日子過得開心自在，像是來到了烏托邦。楊林也順利地搭上了飛機回到了台灣。

完成了護送的任務後，內心的聲音催促著王德前進。王德告別了迴家的伙伴後，來到了先前和楊林下車的地方。王德打算找之前那位藏族青年，請他送自己回雅康城。

路上許多載客的麵包車，王德找了半天，沒有找到那位青年。他不敢隨意找其他的司機。此時，眼前出現了客運站，內心的聲音說：「上去！」「上去客運？怎麼可能！客運一定會在檢查站停下來的，到時候公安上來登記身分證的時候，就會把我抓下車。」內心的聲音再次回應：「上去！」王德不理會，「我還是去找麵包車載我進去，像之前那樣過站時躲起來就好，這樣被抓到的機率應該會比較低吧！」正當王德準備搭麵包車時，內心的聲音再次強烈地表達，令王德停下了腳步。雖然王德非常懷疑內心的聲音，但是想到這一路都是聽著內心的聲音前進才能到今日，「好！就賭賭看，頂多我被攔下後，我再走路進西藏就好了。」

王德來到了客運站，購票處擠滿了遊客。王德忐忑地和售票員說：「我要到雅康城。」售票員：「請給我你的證件。」王德拿出了台胞證給售票員。只見售票員看了一下順口說：「台灣來的啊！」「是啊！」售票員給了車票說：「待會到前面二號乘車處上車就可以了。」王德心想：「還以為會要看我的入藏文件，沒想到還蠻順利的。」

王德搭上了車。老舊的客運載滿了乘客，搖搖晃晃地經過九彎十八拐的山路，越過一座座的山頭，慢慢地開往雅康城。王德躺在臥鋪上等待著考驗的來臨。經過漫長的時間，司機停在休息處，乘客一一下車用餐休息。司機：「前面不遠處有檢查站，待會請大家把身份證交到前面來，公安登記完後，會上車進行安檢。」王德忐忑地將飯送完口中。

上了車後，司機再次請大家繳交證件，王德在位置上，閉上眼睛，假裝睡著沒聽見。隨著越來越靠近檢查站，心跳也逐漸地加速。王德覺察到內心恐懼的能量持續擴大，當下馬上修正念頭，專注在六字真言的祈禱上。車子停了下來，司機帶著證件下車讓公安登記。不知過了多久，司機上車後就直接開走了。王德一身冷汗，慶幸公安沒有上車檢查，也沒人發現他沒有證件。隨著天色漸漸地變暗，路上的車輛也逐漸減少。檢查站公安也鬆懈了些，王德用同樣的方式，順利過了二個檢查站，進入了雅康城。

深夜，王德走在大街上，尋找適合打地鋪的點。但這裡不比之前的那些地方，只要被公安攔下，身份馬上就會曝光。找了很久，好不容易找到一處剛蓋好的尚未裝修的大樓，他爬上了四樓，選了較寬敞的走道打地鋪。才躺下沒多久，就聽見有腳步聲漸漸朝他走過來，王德閉上眼睛專注的祈禱著，希望他不會走過來。只聽見腳步越來越近，突如其來的叫聲嚇得王德一身冷汗，一位中年男子拿著手電筒照著王德叫道：「喂！起來！你是誰！怎麼睡在這兒？」王德：「我是徒步旅行要到西藏的，因為很晚了，就在這兒打地鋪，請您通容。」男子用手電筒打量了王德，問：「你漢人還是藏族？」「漢人。」男子似乎鬆了口氣說：「還好你是漢人，你就睡吧！別破壞就行了。」「謝謝！」男子離開後。王德心想：「他會不會去找公安了？要不要換地方睡？」王德覺察到自己的恐懼在滋生，馬上修正念頭專注地祈禱著，不知過了多久，睡著了。

攔截

天空時晴時雨，王德打著傘，緩緩地從高山上走下來。路旁的河水，衝擊著帶有轉經輪的水車，將經文的祝福傳遞至下游。

下午，阿貝縣城外，王德照以往的經驗，喬裝當地人經過檢查站，但這次出乎他的意料。

「喂喂喂！過來登記身份證。」一位公安在檢查站窗口大聲叫道。

「我的身份證在翻山的時候掉了。」王德隨口撒了謊說。

「把你的身份證字號給我。」

「我沒記。」

「你哪裡人？」

「我浙江來的。」

「那請你的家人把你的戶口名簿傳真過來。」

「我的家人都不在。」

「那我們不能讓你進去了。」

「我是走路要去拉薩的，你看我的行李就知道了，拜託你讓我進去吧！」

公安思索了一會兒。「這樣好了，我待會去請我們的資安小組出來，他們一定能馬上查到你的身份的。」

王德愣了一下，心想：「大事不妙！」連忙著說：「沒關係，不用麻煩了，我先去前面搭帳篷，再請我家人傳資料過來好了。」

「不會麻煩，你在這等一下。」

「沒關係！不用麻煩了」王德一邊揮手說著，一邊緩緩後退，直到公安停止打電話，才轉身離開。

王德走到拐彎處避開檢查站的視線範圍，這時天空開始下起了雨，王德躲在陡峭的河邊樹下，觀察道路上是否有人、車在搜索他。「他們會不會發現我的行為異常？」「他們會不會已經派人出來找我了？」「他們會不會有派人跟蹤我？」王德眼神飄浮不定，手腳顫抖著。一個聲音傳出打斷了王德：「冷靜點！別讓恐懼佔滿心中，它只會吸引你害怕的事物。你的能量現在非常低弱，趕緊提升能量場。」王德看著遠方的山頭，山上的樹漸漸微微的發光，王德將這股自然能緩緩吸入身體，自然能像似母親溫暖的手，安撫了王德忐忑的心。

王德運用直覺判斷，可以沿著河岸繞過檢查站。他小心翼翼地移動腳步，利用斜坡上的樹作掩護，身體盡可能地蹲低，動作放輕減緩陡坡上的石頭滑落，不時抬頭看路上有沒有人。他蹲著走了約二十分鐘，順利地繞過檢查站，從一家賓館的後門來到了大馬路。心想：「他們會不會已進城搜索我了？」內心的聲音說：「不要再多想，你想的將會成現實！」「對！我現在不能再胡思亂想了，趕緊離開縣城比較重要。」

王德不停地快步向前走，心裡默唸六字真言。沿著蜿蜒的山路，已不知拐了幾個彎。他眺望遠方的村落，只見一個個紅點座落在遠方的房屋上。幾個小時後，到了雅然村，「已經離縣城十幾公里了，應該沒事了吧！是時候找地方住了。」王德走在街上四處找尋機緣，一位修屋頂的大爺剛好和他正眼相對，他走向前借宿，大爺點點頭招手請他進來。

王德彎腰駝背、步伐沉重地走進屋裡。大爺脫下牛仔帽，拿出酥油茶、大餅和酸奶招待王德：「肚子餓了吧！趕快吃。」王德向大爺點了頭，一口接一口將眼前美味的食物塞下肚。大爺微笑看著王德問：「你哪裡來的？」王德心想：「這個大爺人這麼好，是不是應該和他坦誠相見呢？不行！我不能暴露身份連累他。」

「浙江來的。」王德回。「大爺，請問為什麼這裡一路上的村子都要插著國旗？」

大爺喝了口茶嘆著氣說：「我們是被迫的，誰想要插這鬼東西！」

「那如果不插會怎麼樣？」

「那就會有很多人來找你麻煩，讓你生活不下去。我們這流傳個笑話，有個老鄉不滿這個屁規矩，將國旗插在自家的狗屋上，當地領導來了，領導忿怒地說：『我看你活膩了，竟然把國家那麼重要的東西放在狗屋上！你要是不給我個說法，你就完了！』老鄉回答：『領導啊！你有所不知，這國旗在我們心中是多麼重要的東西啊！我怕會被人偷走，所以特別請隻狗看著。』領導拿他沒輒，摸摸鼻子走人。」王德聽完後哈哈大笑，歡樂的氣氛散播四周。王德注意到屋裡充滿許多色彩繽紛的圖畫，分佈在梁柱、牆壁、櫃子和桌子上。「大爺你家好漂亮喔！這些是你畫的嗎？」「不是，這是請人花了三個月畫的。」「在我老家只有廟裡才有彩繪，一般家裡只上上漆而已。」

「那把是藏刀嗎？」王德指著牆壁上那把二呎的懸掛物。

「是啊！」

「可以借我看一下嗎？」

「你自個兒拿吧！」王德手掂了掂大約八、九斤重，刀口鋒利，感覺是把好刀。

「我也好想有一把。」王德說。

「藏刀很好，只是現在不好取得，因為這裡不能身上不能帶刀，上面管制得嚴。」

「吃飯了！待會再看。」大娘插話。

「喝點青稞酒不？」

「青稞酒？我還沒喝過，今天真幸運！」大爺倒了一杯給王德。

「這味道不嗆鼻，入口很溫和，最後發出淡淡的清香味，實在太好喝了！這是怎麼做的啊？」

「好喝吧！這是用我們種的青稞釀的，先把青稞洗乾淨，蒸熟後放涼，再放入那個釀酒的、白白的那個。」

「哇！真厲害，我希望以後也能自己釀酒。」

天色漸漸變暗，大爺帶王德到客房休息，並為他點上了幾盞酥油燈。「早點休息吧！明天還要趕路。」王德躺在床上，盯著酥油燈的小火苗，心想：「今天發生的這些事，究竟要傳遞什麼訊息給我呢？公安會不會已經發現我了？我待在這會不會害了大爺了？不！我不能再亂想了，我應該試著祈禱。」王德雙手合十，口中默默地唸著禱詞：「宇宙至高神啊，祈求您幫助安撫我恐懼的心，讓我充滿力量面對眼前的困難，祈求您幫助我順利完成這趟旅程，祈求藏族同胞能獲得自由和尊重，祝福所有與我連結的一切眾生都能幸福、快樂、和平。」

龍邦客棧

近來王德晚上都沒睡好，他疲憊地沒法思考，只顧著一步步的向著西方前進。內心十分渴望能找個地方好好的睡上一覺。一輛打擋機車迎面而過，爾後又折返回來。身材高䠷的騎士向前攀談，王德簡言概要後，騎士告訴他前方不遠處就有客棧，只要再堅持一會兒就能好好休息了。騎士話一說完，隨後就離開。王德提起精神，順著機緣前往客棧。

到了客棧，一位個子不高，留著絡腮鬍的短髮男子阿仁出來接待。王德簡單介紹後，獨自坐在客廳休息。晚餐時，阿仁邀請王德一同用餐。二人用青銅杯喝著客棧自釀的葡萄酒，談笑風生。

「你住過拉薩？」王德問。

「是啊！幾年前徒步川藏線後，就住在那兒一陣子。今年才過來這裡開客棧的。」

「你走過川藏線！」

「是啊，看到你就讓我想起那段時光。你為什麼要徒步到西藏呢？」

「我在找一個能跨越種族、語言、國家的真理。」

「你說的這個我待在拉薩時有聽說，但至今乃未找到。」

「真的嗎？你有聽過？快告訴我你知道的。」王德激動地說。

「就我所知道的，它和一個傳說中的寶藏有關……這個寶藏埋藏在拉薩城內。據說這個寶藏是朗達瑪滅佛時期留下的。在希特勒時期，曾經派遣軍隊到拉薩城尋找，但也未曾找到。聽說裡頭，有著各式各樣奇珍異寶，也有令人長生不老的藥，和從古至今許多開悟者的經典和法器。我只知道這麼多了。」

「沒關係。至少，我覺得又更靠近了那個真理一些。對了，那你為什麼來走川藏線呢？」

「我原本在一個小康之家長大，生活還不錯。後來，叔叔發生了意外，改變了家裡的環境。從那時我就四處掙錢工作，酒店、房仲、小吃店各行業我都做過，但每次只要我留在家裡，就會有親人出事。算命的說我八字硬剋家，注定要流浪四方。於是，我就開始徒步到西藏，展開了我另一段人生。」

阿仁喝了口酒，看了窗外一會兒，問：「你覺得人生的意義是什麼？」

「對於我來說，就是把父母給我們的生命發揮到淋漓盡致，同時又對社會有所貢獻。」王德想和阿仁多分享一些在台灣的事，但心裡打住了念頭。

次日，王德告別了阿仁後，繼續上路。沿著龍邦客棧後方的山頭前進，白鹿在草原上奔跑。王德來到了山頂上，一覽群山連綿地座落在大地。接著，沿著山凹處下切。坡度陡、下山太快，王德的膝蓋開始疼痛，隨著行走路徑的拉長，疼痛感也與之俱增。到了傍晚，王德的腳已經疼到沒法行走，找了間民宅打地鋪。

王德閉上眼睛，感受膝蓋的疼痛要傳遞什麼訊息，內心浮現：「回去、客棧、坦然。」王德知道自己必須回到客棧去，坦然的告訴阿仁自己的身份。

隔天，王德在路上攔了車，回到了龍邦客棧。

阿仁一臉驚訝的問：「怎麼回來了？發生什麼事？」

「我昨天下山太快，膝蓋受傷，現在沒辦法行走。想回到你這兒休息幾天，等傷好了再出發。」

「也好，你會畫畫吧！我這兒剛好缺人手幫忙彩繪牆壁，你就在這以工換宿吧！」

「我沒彩繪過牆壁，但我願意試試看，感謝你。」

王德拿了幾色的油漆和筆刷，憑著直覺，專注的完成壁畫。

夜晚，二人準備好酒菜，騎著機車來到附近的高原溫泉，喝酒泡湯。攝氏不到十度的低溫，二人迅速的脫去衣褲，跳進了四周霧氣氤氳、清澈見底的池中。一股暖意漸漸從冰冷的四肢流入體內。阿仁為王德倒了杯陳年白酒，二人對飲了幾杯。

「阿仁，老實告訴你，我其實是台灣來的。因為我的身份關係，沒辦法用正常方式進入西藏，所以我會對自己的身份有所隱瞞。騙你們我是浙江人，很抱歉！」

「我早就猜到你不是浙江人，因為我是浙江人，聽你的口音一點也不像。只是我想你有所保留，一定有你不能說的秘密，我也不方便多問。現在聽你這麼說，我的疑惑總算有解答了。」

「和你坦誠後，我的內心好像鬆了口氣。昨日膝蓋痛，我感覺就是要回來和你坦白這一切，因為你是如此真誠的把我當兄弟。」

「你知道嗎？你很肉麻欸。」阿仁模仿台灣人的口音，逗得王德捧腹大笑。

「快和我多說點你家鄉的事兒，我對你們那很感興趣。」王德分享在台灣的鄉野生活以及嚮往生態村的社群發展。

兩人談天說地，不知黎明將至。

第四幕

放下為了走更遠

四千多公尺的高山上，冷風陣陣的吹。王德帶著幾分睡意，依靠著微弱的星光，拄著拐杖前進，偶爾被路上的坑洞拌了跤。這是他第一次在曠野中獨自夜行。「如果有帶睡袋、睡墊就能好好的睡一覺了，為什麼要自找麻煩把裝備都放在阿仁那呢？內心的聲音為什麼要我這麼做？」王德邊走邊後悔。

王德在客棧待了幾天，每天除了壁畫創作外，也會協助阿仁打理客棧的大小事務。某日二人心血來潮，一起在客棧前挖了一個大火坑，火坑上，有著石頭圍圈裝飾。夜晚，二人邀約前來住宿的背包客，一起圍在營火前牽手唱歌、跳舞、喝酒。在火光溫暖的陪伴下，每個人都敞開心，說出旅途上的點滴感受。

王德在客棧過著無拘無束、十分自在的日子，但仍感受到內心的聲音催促著他上路。每當王德背起籐籃打算上路時，走沒幾步路，膝蓋又會疼痛起來。他十分納悶，不知如何是好。內心的聲音告訴他：「放下，才能走得遠。」王德很困惑，遲遲不敢作決定。他和阿仁說出了內心的困惑。阿仁拿出了一個巴掌大的烏龜殼，裡頭放了幾枚銅錢，搖了幾下，看著銅錢的排列向王德解釋卦象。

「如果沒有這個背籃，或許可以讓你學習到更多的事。」阿仁說。

王德看著背籃，沉默了一會兒。「如果不帶著它，那我生活的一切該怎麼解決？」

內心的聲音突然問：「你怕什麼？」

「是啊！我到底在怕什麼？如果我真是註定要來完成這趟旅行的，即使沒有這些東西也是能完成。」王德心想。

「好！我決定輕裝上路，明早再麻煩你載我到先前折返的點。」

「沒問題！」

次日出發時，王德只帶著一個隨身包，裡頭裝著打火機、錢包、刀子、手機和筆記本。阿仁驚訝地問：「你確定只帶這些就夠了？」王德堅定的回答：「是的，我相信路上已為我備妥需要的一切。出發吧！」阿仁載著王德下了九彎十八拐，回到王德先前折返的地點。阿仁：「分開是為了更好的相聚，期待下次的見面。」

二人道別後，王德繼續下切了山路，很快地到達滄瀾江旁。滄瀾江兩旁皆是峭壁，公路沿著峭壁前進。不遠處有座兵站跨落在橋上，管制著來往的車輛。經過兵站時，有三、四隻狗衝向前圍著他吠。王德想起阿仁曾經為他卜過的卦，卦象說明：「前方路途雖有危險，但只要拿出勇氣，問題就能迎刃而解。」他運用獵人教他的廣角視野，內心放空著前進。狗不斷地圍在他身邊吠，但怎麼也不敢向前攻擊；跟了一段路後，就回去了。

過了兵站，王德漸漸地感覺到無力。一路從黎明走到夕陽西下，輕裝並沒有他想像來的輕鬆。

夜晚，王德來到一棟小木屋，無奈屋子的門窗上了鎖。他穿上全部的衣服，躺在門前的木板上，疲憊地倒頭就睡。夜晚風大，小木屋擋不了許多風，王德數度被冷醒；坐了一會兒後，等身體沒那麼冷再繼續躺下來睡。躺下、起來、躺下、起來。「這時若有睡袋該有多好啊！算了，要這樣才能有所成長。」就這樣折騰了大半夜。

次日，全身無力的王德，到了好心人家吃了酥油茶和糌粑恢復了些體力。走到下午，距離埡口還有十幾公里，路上出現了幾批單車騎士，贈送許多糧食和水；甚至連想吃的八寶粥也從中出現，王德的內心再次發出驚嘆。

在西藏郊區沒有垃圾車及焚化爐，所有的垃圾都是直接放在家門口燒毀，有的就直接丟在廣闊的高原上隨風飄散。所以在道路旁的樹林時常能發現許多旅客或居民的垃圾。王德在路旁的樹林裡撿了羽絨衣和綿褲打算用來當地墊。到了埡口，帳篷林立，他看到許多機車載著大包小包的行李前來參加活動。現場有小賣部、衣服、飯館、蟲草……等各式各樣的攤位，熱鬧萬分，與先前的路有著極大的反差。「真幸運，這下今晚有著落了。」王德內心慶幸著。他一個個帳篷去拜訪，希望能有個位置打地鋪，結果都被拒絕。「難不成後面有什麼在等我嗎？」

離開山頂後，找了道路下的涵洞過夜。距離太陽下山還有一個小時，他到草原上撿了石頭結合涵洞裡的垃圾袋，在洞中疊了兩面矮牆用來抵擋寒風；接著用保特瓶排成床的大小，再鋪上撿來的衣物，完成了睡墊；最後穿上了所有的衣服。將一切準備就緒，迎接今晚的考驗。

深夜，王德仍不敵寒冷的侵襲。他打算在洞中升火取暖，但遼闊的草原，沒有東西可供材火，索性將洞中垃圾當作燃料。升了火，身體暖了，但垃圾所散發的毒氣，逼得他出走夜路。

四千多公尺的高山上，冷風陣陣的吹。王德帶著幾分睡意，依靠著微弱的星光，拄著拐杖前進，偶爾被路上的坑洞拌了跤。這是他第一次在曠野中獨自夜行。「如果有帶睡袋、睡墊就能好好的睡一覺了，為什麼要自找麻煩把裝備都放在阿仁那呢？內心的聲音為什麼要我這麼做？」王德邊走邊後悔。

突然間，被二隻狗的叫聲給驚醒了。前方烏漆抹黑，什麼也看不到，只聽見狗叫聲越來越近。王德想起了之前被狗咬的回憶，身體不斷地冒冷汗。但他也想起了阿仁所說過的話。他握緊手中的棍子，提高警覺。突然看到二隻狗從斜坡上方，衝下來咬向他。他揮舞著手中的棍子，狗兒被嚇了後退幾步。王德與牠們保持距離，快步遠離，狗兒仍在後方伺機而動；王德轉過身以後退的方式前進，直盯著狗兒的一舉一動，直至吠聲離他越來越遠，這才鬆了口氣。

危機解除後，他已不知道在黑夜裡走了多少公里，在道路旁的水泥塊倒頭就睡。沒多久被寒風冷醒，起來繼續前行。就這樣反覆了幾次後，正當想用手機的燈光看清路標上的里程數時，手機不見了。

王德瞬間從朦朧意識中驚醒，將行李放至原地，往回摸黑尋找每個可能的水泥塊，都一無所獲。想到許多珍貴的照片及朋友的通訊都將消失了，王德難掩心中的失落。「上天為何要這麼做？是否要拿走我最重視的東西以便讓我重新體會新事物？那我放在那裡的包包是不是也會被拿走？」天漸漸亮了，當王德打算放棄尋找，接受手機不見的現實時，手機竟然又出現在水泥塊上。失而復得的驚喜，振奮了王德，身體也隨著陽光的出現而獲得了些活力。

沿著峽谷前進，石壁上的山洞有許多鳥居住，峽谷的下方是波滔洶湧的滄瀾江，這裡讓他想起故鄉的太魯閣。

到了烏然鎮，著名的烏然湖座靜靜地座落在白日雪山下。疲憊的王德王德經過了瑪尼堆、老木屋、白塔，來到巷弄內，找了間便宜的藏式驛站，好好的休息。

敵人？恩人？

烏然湖邊是綠草茵茵的草原和莊稼；湖邊山腰上則是莽莽的森林，再往上是五顏六色的杜鵑花和灌木叢林；山頂有著終年不化重疊起伏的積雪。眼前的美景令王德想起家鄉的那片綠意。路旁幾位藏族人家正在蓋著當地的傳統建築：一塊塊的石頭裹上泥巴後交疊而成的牆壁，搭配著一根根木頭樑柱，眾人一邊唱著傳統的歌謠一邊工作。

傍晚，走了一整天路的王德開始找地方打地鋪。他向許多人家借宿但都碰壁，無奈地繼續往前走。後來，一處四周圍著欄杆、地方寬敞、裡頭又有兩棟白色建築物的地景出現在王德眼前。他向前一看，是村子的村委會。王德站在前面，正猶豫是否要到裡頭借住時，一位穿著休閒衫的大叔從背後冒出一句話說：

「你哪兒來的啊？」

王德嚇了一跳，轉過身回說：「浙江來的，我是要徒步到西藏的，今晚想在這兒借住。」

「借住沒問題，我是村幹事，待會兒登記個身份證就可以了。」

「嗯，好。」王德有些心虛的回答。

村幹事和王德閒聊了幾句後，一名穿著特警服裝的男子前來搭話。

「你要住這兒啊！」

「完蛋了，要不要先離開這裡，去其他地方住？怎麼好死不死，來了個特警！如果這個時候又說不住，特警一定會起疑心……這下騎虎難下了！」王德慌亂地想，但仍故作鎮定地回：「是啊！」

「待會我登記一下你的身份證就可以了。」

王德內心開始著急，但一方面他又得若無其事地和特警聊天。他趁著特警去拿鑰匙之際，立刻發訊息給阿仁：「阿仁，我現在有麻煩，急需要你的身份證字號及基本資料，請你火速傳給我，感恩。」發完訊息後，特警也剛好拿了鑰匙走過來。

「來進屋去，天黑了。」特警簡單的介紹環境，請王德待在室內休息，就出去了。王德不斷地看著手機，對於遲遲未回的訊息，令他坐立難安。王德覺察到自己的恐懼持續放大。他決定躺下來，閉上眼睛，專注的祈禱。過了一會兒，手機發出嗶嗶聲，阿仁回傳了。這時，特警手上拿著一本簿子與另一名村委走進小屋。王德迅速地記起阿仁的資料，填寫在簿子上，這才鬆口氣。

特警和村幹事邀請王德一起晚餐。王德分享徒步以來的奇聞軼事，特警和村委也很親切的與他交流，最後還打包了些饅頭讓他帶上路。王德突然明白為什麼上天安排今晚住這裡了。

「自從雅康城以來，聽到不少藏族人受到不公平待遇的事—政府官員、村委會有多麼的黑暗、貪腐，公安、軍人有多麼的壞—替助政府打壓藏民。我開始對這些人產生極大的反感。或許，那天就是因為自己忿忿不平的意識狀態，而在阿貝縣城被公安攔下。如今，我似乎能慢慢地理解打人的公安和軍人、貪腐官員、集權的政府。他們內心是受到恐懼、貪婪等等的無明驅使才這麼做的；在某些時候他們內心良善的那一部份仍會透顯出來。」

王德由衷的感謝，並且為這些人祈禱—願他們都能夠與自己的高頻意識連結，展現自己神性的面向。

乞討

清澈的帕布藏江靜靜地流著。道路兩旁的松柏，結出紅色的果實。王德摘下幾顆咬下了一口，酸甜清香的味道佈滿口中。

一位身材矮小的婦人，帶著兩名年約十歲的小孩在路旁空地坐著。王德過去和他們要了些茶喝，他們拿了饅頭和餅乾讓王德充飢。小孩為他倒完茶後，抽了口煙。王德一時目瞪口呆。

小孩望著馬路，每當有車輛經過時，他們就衝向馬路攔車，向人要煙、錢和糖果。婦人沒有阻止他們，看到路人被驚嚇的反應而哈哈大笑。王德非常好奇

「婦人為什麼會讓小孩去做這件事？小孩為什麼有這樣的行為？他們在攔車前曾說過：『發財囉！』對他們而言，糖果是否就像財富？」婦人偶爾轉身看看身後放牧的牛及遠方的羊。王德思索著：「我和人家借宿、借食物，是否和他們的出發點相同？若不同，他們的出發點是什麼呢？」

吃飽後，打算要離開時，婦人邀請他，待會一起回去休息。「正好！我也想看看他們的生活是怎樣的？」王德坐在一旁觀察、感受他們乞討的行為。「難道他們缺乏愛嗎？婦人不愛他們嗎？會不會婦人覺得向路人乞討就像和犛牛擠奶、河邊取水般一樣自然呢？」王德心想。

坐了一段時間，開始打哈欠，小孩問王德：「是不是要上路了？」

王德心想：「他們好像誤會我的意思了，乾脆將錯就錯，繼續上路好了。」

王德與他們道別。

帶著困惑上路的王德發現前方又有類似的情況。他在一旁觀察：「怎麼都是小孩去乞討，不是大人去呢？或許小孩去比較能激起人的憐憫心？」「為什麼會出現到藏區就要帶糖果、餅乾和小東西送給小孩的現象？這不是一種糖果毒藥嗎？表面上是對他們好，覺得他們物質很缺乏，需要帶點東西去讓他們開心；但實際上卻養成了小孩乞討、匱乏的心理。他們並不缺小零食、文具，也不貧窮，缺的是其他人對他們的尊重。」「算了，我還是尊重旅人和小孩的選擇，無論他們行為是否正確，我只想在一旁當個默默的祈禱者。」

陰錯陽差

快到嘎瑪村的路上，一位戴著機車全罩式安全帽的單車騎士停下向王德打招呼。他摘下了面罩，二人閒聊幾句後，知道彼此都要前往拉薩。單車騎士小黎邀請王德一同去看樹葬。

「樹葬？」王德好奇地問。

小黎解釋：「樹葬就是在帕隆縣的藏族傳統，他們會將未滿周歲夭折的嬰兒吊在樹上；富裕些的人家會用小棺材或木製的盒子裝殮，窮的可能就用一塊布隨便一裹。」

「很難想像整座林子都掉著嬰兒屍體。好，我想去看看。」

「那我們就約在帕隆縣城。依你腳程估計，大約什麼時候可以到？」

王德想了一會兒說：「可能要後天才能到了。」

「那我們就約二天後在那裡見。我先走了，再見。」二人道別後，王德找了間便宜的驛站休息。

到了約定的那天，王德離帕隆縣城還有一大段距離。他心想：「算了，還這麼遠，我傳個訊息告訴他不去了。」沒想到小黎回傳訊息：「沒關係，我先去其他地方逛逛等你。」「既然人家這麼有心，那我就趕個路看看。」

王德加快腳程，總算在中午到了帕隆縣城外。王德在樹林旁，觀察檢查站的情況。「這個檢查站似乎查得嚴，要怎麼繞過去呢？」突然，一位男子手拿著酒瓶，醉醺醺地走過來，坐在王德前面。酒醉男子向王德打了招呼：「你做啥子的？」「走路到西藏。」「我跟你說，女人實在太……」酒醉男子接著一連串的抱怨。

這時王德接到小黎的訊息：「你到哪裡了？」眼看只有一站之隔就能和伙伴

同行，在這當下卻又難以說明自己的處境。王德糾結的回傳訊息：「很抱歉，因為我身份的關係，沒辦法進城與你同行，深感遺憾，希望日後還有機會。」酒醉男子仍在一旁碎念。

王德靈光一閃問酒醉男子：「大哥，你知道有沒有小路可以繞過這個檢查站？」

「就沿著這個林子走進去，就可以繞過了啊。」王德興奮地說：「大哥，真感謝你，我要出發了。」王德沿著林子小徑前進。在小徑上，能觀看到縣城內的狀況。他找了一處較沒人的地方，進入了縣城。此時，王德又發了訊息給小黎，但小黎已前往其他地方。錯了機緣，王德有些失望地離開了縣城。

自然

六月是芝林地區的雨季，芝林縣裡的麥巴鎮有著亞洲第二大泥石流區域，由於山體土質鬆軟，時常因大雨而坍崩，所以有著麥巴天險的稱號。

通往麥巴鎮的路上崎嶇不平、泥濘不堪，天空不斷地下著雨，加上路徑狹小，來往的車輛都小心翼翼地注意四周的變化。即使如此，仍然阻擋不了三步一叩的藏民前往心中的聖地。王德打著傘，踩著凹凸不平的爛泥路前進。道路旁不時出現修路的道班，經過的車輛不時送給了他一身泥。每當王德快走不動時，想到藏民在如此惡劣的環境下，仍舊堅持著自己的信仰，王德渺小的火焰也被他們的意志吹起了熊熊烈火。

到了麥巴鎮，一個修長的身影向王德打招呼：「嗨，王德！我們又見面了，真是有緣啊！」王德還在辨識眼前的人是誰時，看到了那頂格格不入的安全帽，就突然想起—原來是之前在嘎瑪村遇到的單車騎士小黎。二人原本相約在帕隆縣城去看樹葬。王德趁著四下無人時向小黎解釋：「小黎，那天很抱歉，爽約了。其實我是台灣人，因為我身份的關係，所以沒辦法按照正常的方式進入縣城。」

「這樣說我能理解。我沒放心上。我打算去住前方的客棧，你是否同行？」

王德猶豫了一會兒。

小黎接著說：「我要個房間，你可以和我一起住。這樣我們比較方便說話。」

「好！感謝你。」

二人挑了門面整潔的旅店，王德洗去了二週以來的疲憊。小黎脫去了騎行的裝備，換回了便衣，帶上了眼鏡，請老闆準備了些酒菜；這時王德才看清楚小黎原來是面貌清秀的小生。小黎：「那天沒等到你，我就自個兒輕裝徒步到水碓冰川。在那裡，我第一次生火、第一次在荒野中走夜路，嘗試了許多第一次。我是個攝影師，但這次出來特意不帶相機；我想用身體好好地去感受，把用相機捕捉的習慣放下。走在空無一人、原始古樸的森林裡，特別感受到大地的生氣蓬勃，引發體內產生一種奇妙的氣動。抬頭仰望，天際屹立著重巒疊嶂，白雪皚皚的冰峰，在陽光下十分耀眼。藍瑩瑩的雅江水從終年冰封的高山上流下、昂然高聳的青岡木、五顏六色開不盡的野花與一身灰白振翅而飛的黑頸鶴勾勒出一幅壯麗的景觀，令人嘆為觀止。」

旅店外，幾隻氂牛正在吃著垃圾。王德向小黎示意了一下，走出店門，王德試圖要阻止氂牛這麼做，但氂牛只因他的張牙舞爪而退後幾步。等王德回到餐桌座位，氂牛又向前去吃垃圾。旅店老闆對王德說：「沒用的，我試了很多次，牠們都是這樣。前幾天才死一隻而已。」

面對眼前的情況，小黎不解的問：「到底哪來的這麼多垃圾？」

旅店老闆表示這些垃圾是鎮上製造的，也有些是來往的遊客留下的。這裡地大路遠，沒有垃圾車和焚化爐。我們都是將不要的東西成堆後再燒毀。有的就倒在沒人的樹林或直接丟棄在廣闊無邊的大地上任強風隨意掃蕩。

小黎一聽更為疑惑的說：「難道不知這樣會汙染環境和土地嗎？」

王德回答：「就我所知，當地人很單純，沒有接受過這方面的資訊和知識。他們以為這些垃圾就像樹上掉下的枯枝一樣自然，會隨著時間的流逝而分解。」

小黎喝了口酒，嘆了口氣，對王德說：「這讓我想到人類亂丟垃圾到大自然中，有些動物吃了這些垃圾而死掉，其他動物又去吃那屍體，毒素一層累積一層，造成生物愈來愈無法正常的循環繁衍；人類在這循環之中也將無法倖免，而大自然更宏遠的重生演替則不曾停止。終究，我們只是大自然中時間長河的一小截點，只傷害得了自己。」

王德：「凡是對大自然做的，就是對自己做的。」

小黎沉重的問：「到底何謂『垃圾』？」「或許對人類來說，沒有用處的東西就是垃圾了。」

王德見氣氛有些凝重，話鋒一轉便說：「雖然我也不怎麼喜歡垃圾，但我也從中獲得許多幫助。本來我的羽絨衣因趕路從背籃上掉下來，等我發現時早已不知去向。後來……」王德秀出身上那件暗紅色陳舊的厚棉衣說：「你看！這件厚棉衣就是我從樹林裡的垃圾堆中找出來的，它幫助我度過許多寒冷的天候。」

小黎聽完王德的話語，神情緩和些，嘴角露出微笑說：「你還真有一套，這樣也行。」

王德接著說：「還不止呢！如果在野外要升火沒有東西當燃料的話，也可以暫時拿垃圾取代。還有這些……和那些……」王德分享著那些從垃圾堆裡撿出的寶貝。

次日，兩人走到檢查站前，小黎先到檢查站吸引公安的注意，王德趁機走小路繞過檢查站。過站後，小黎先行前往拉薩。小黎騎行在先，不時回傳路況以及檢查站的狀況給王德。在小黎的幫助下，王德順利地通過層層的關卡。

錢也是一種傳遞能量的工具

愈接近拉薩，王德的腳程不由自主地加快，每日行走的距離是之前的二到三倍。口吐白煙，氣喘如牛的王德一步步爬上了海拔五千公尺的多拉雪山。多拉雪山亦稱「乙格江宗」，意為「神人山」，是到達拉薩前的最後一座高山。山口上掛著許多長條狀的風馬旗，分別為藍、白、紅、綠、黃色，上頭印有經文，當風吹起經幡時，會將經文上的祝福傳送至遠方。虔誠的朝聖者來這，會在此行禮，並對著天空拋撒著印有經文的隆達紙。

翻過山後，王德精疲力盡地來到村莊，他向幾戶人家借宿都碰壁。後來，看到了路上寫著招待所，王德好奇地走進一看，裡頭有些桌椅，像是用餐的地方。

一位婦人向王德打了聲招呼：「你好！住宿？吃東西？」王德驚喜這裡竟然可以住宿，他向婦人要了個便宜的床位，婦人忙著將桿好的大餅一張張放在藏爐上烘烤，並拿了些熱騰騰的烙餅給王德享用。

一會兒，一輛麵包車停在外頭。一群年約五、六十歲的大娘和大爺走進店裡詢問是否還有床位，婦人點點頭請他們進來。一行人放好行李後，一位大娘好奇的問坐在一旁安靜的王德：「去哪裡的？」「共巴（走路）共巴到拉薩的。」「你哪裡的？」「浙江來的。」「走了多久了？」「十個月了。」「你雄喔！」「去拉薩做啥子？」王德用簡單的藏語回答：「共巴共巴嗡嘛呢唄咩吽。」大娘微笑地向王德點點頭說：「待會我們一起吃吧！」

大娘們向招待所借了爐子，一個小時後，一鍋香味四溢的水煮氂牛肉瀰漫整個大廳，大娘依序為大伙兒盛上氂牛肉湯，給王德特別多的肉。「多吃一點才有力氣走路。喝酒不？」王德點點頭，從大娘手裡接來瓶啤酒，開心的喝酒、聊天、吃肉。幾位大娘興起，哼起調，跳起舞來，眾人興高采烈地歡呼。這段相遇好像是上天的安排，為王德提前辦了場慶祝會，王德感受到他們是如此的親切熱情。

這個晚上，王德做了個夢。夢中，在故鄉的愛人說要離開他，接著他就傷心地跑到樹林去，在樹上盪來盪去。接著，前方出現了一個妖怪，他想趕緊逃跑，但往回走的路漸漸封閉。王德驚醒。

清晨的光線從窗戶投射進來，王德躺在床上思索著夢的含意。想起老人曾說過的：「夢，通常反映現實生活面臨的問題或即將發生的預兆。」突然，敲門聲打斷王德的思索，大娘們邀請王德一起享用早餐。王德手捧著碗，裡頭放了些青稞粉，再將熱騰騰的酥油茶淋上，用手捏一團團的形狀後放入嘴巴，口中散發著濃郁的酥油香氣，心中的感動滿溢。王德進入藏區已約莫半年了，這股「熟悉的」氣味時常飄溢在四周。突然之間，他明白了夢的含意。他將離開有著鄉愁情感的藏族生活，然後將穿越關卡回到故鄉。

大娘一行人為王德準備了些乾糧和牛肉，每個人都依序掏出了些錢放在大娘手裡的袋子，她將袋子裡的錢交給王德。

「謝謝！不用了，我快到了，我的錢還夠。」

「拿去吧！到了拉薩處處要用錢。」

王德從大娘手中恭敬地接下眾人的祝福後上路，一股愛的能量從手中一直延伸至心裡，不斷地充滿著王德的心中，抑至不住的眼淚也潸然流下。一想到即將離開藏族的一切，心中升起了一股莫名的離愁與不捨，但王德知道必須把握當下，做現在該做的事。

此時，王德也明白了最後的幾百公里為何要輕裝的方式來旅行—就是學會用錢、對錢感激。在這趟旅途中，王德儘量避免花錢，也沒有住宿的預算。自從在龍邦客棧決心放下裝備只帶著有打火機、錢包、刀子、手機和筆記本的隨身包上路之後，開始連續一周借宿都碰壁。一開始以為是都市化造成人心的阻隔。後來又歸因於法令的關係，藏民們怕收留到通緝犯觸法。現在，終於明白了，原來這是上天要教導的功課，讓王德覺察自己對金錢的價值觀。

從前王德認為錢為人類帶來了無窮的慾望、無窮的開發，造成環境的災難而不喜歡金錢的交易。這觀念一度成為王德的一種慣性，並延續到這趟旅途上。而一路上受到許多人幫助的王德，無論是別人請吃飯、提供住宿、或者送他錢，才有今日這些積蓄在身邊。但習慣了不花錢的日子，就算有多出來的預算，王德也不認為到了需要使用的時候。

在這人生地不熟、語言不通的異地，大娘一行人的舉動對從前總是需要用時間及心力、體力來換取金錢的王德來說，格外的震撼—原來金錢也可以是一種無條件的、愛的能量。

王德終於明白了「金錢本身並無好壞，而是取決於如何使用它」。如果在使用金錢時，抱持著理所當然、貪小便宜、漠不關心…等負面態度時，收到的人可能也會將這些能量儲存在他們身上，影響著他們的健康、感受。他們又將這種能量傳遞出去，這將造成一種惡性循環；反之，使用錢時心中充滿感謝、祝福、關愛…等正面態度，對方收到善意時，又將這份善意傳遞出去，就會形成良善的循環。原來金錢也是一種傳遞能量的工具。」

當王德學會用「錢」來傳遞愛時，事情開始像之前一般順利。原本借宿一直失敗的王德，在領悟到這個道理後，一位少婦和大娘願意接待王德。

少婦問：「你應該不是壞人吧！」

「我是走路畫畫的，壞人不會走路畫畫。」王德仿藏腔說著。

王德走進屋內，在客廳邊喝著甜茶邊和婦人們分享畫冊。

抉擇

王德離鄉背景已快一年，近來一睜開眼睛就是朝著無際的天邊邁進，到了晚上，又要找地方躲過寒冷的夜晚。日子不斷地不斷地循環。持續的餐風露宿又必須保持警覺，令他身心俱疲。有時候他想趕快到達拉薩，好讓心裡某個未完的感覺可以完成，然後就可以回到彼岸的家鄉了。

高原上的天氣變化無常，一下晴空萬里，一下又狂風暴雨。王德在滂沱大雨中找到了一棟建築物避雨，並聯絡阿仁請他協助拉薩住宿一事。阿仁：「拉薩的朋友告訴我，現在小區管得嚴，不定時會有公安查房。倘若被查到收留外國人或新疆人，就會很麻煩，大家都不敢擔這個風險。」王德聽到阿仁的回應，升起了不進拉薩的念頭。

同時間，小黎也傳了訊息：「你快到了嗎？我在拉薩裡等你。」王德回訊：「我找不到地方住，聽說裡頭現在查得嚴。天意如此，我就不進拉薩了，很遺憾不能在拉薩和你見面。」小黎：「我幫你找地方住，你一定要進來！這裡沒有你說的這麼嚴。只要你能在傍晚前通過檢查站，就沒問題了。」

烏雲漸漸散去，老鷹盤旋在天空，王德看著天空心想：「究竟要聽阿仁的？還是小黎的呢？」王德凝視著老鷹，與內心的平靜感連結，直至老鷹發亮。一會兒，內心浮現的影像是小黎這一路以來，總在關鍵時刻提供情報和幫助。王德心想：「好！就聽你的！」

傍晚，彩繪亮麗的小賣部前有一個小女孩在玩耍。王德走向小女孩問：「請問附近哪兒可以住宿？」

「這裡沒有住宿的地方，鄉裡也沒有，只有到縣城裡才有。」

「但你可以去向人借宿，他們都會願意的。」

「請問你們家可以借宿嗎？」王德搭著女孩的話。

女孩朝著二樓大聲的喊：「爸爸！爸爸！有人來借宿。」一位個子不高、身材壯碩的中年男子下樓，對王德點了頭笑一下，帶著王德到一樓的飯廳：「你今晚就住這吧！我不要你的錢，這有毯子和爐子自己來。」說完後就上樓。

王德拿了幾條用麻繩編的手鍊送他們，又將前天大娘給他的糖送給女孩和妹妹。王德坐在飯廳邊整理筆記邊和女孩聊天。「爸爸在做什麼的？」「他是畫畫的，房子的牆壁及屋內的櫃子都是爸爸畫的。」王德請女孩帶他去參觀父親的作品，牆壁上彩繪藏八寶及老虎、仙人等畫像外，柱子及窗戶內部的木框都利用透明漆的色差畫上蓮花、竹子等圖樣。女孩帶王德參觀完後便離去了，留下王德一人在飯廳享受這份寧靜。

寶藏

國道四一二起點為上海，全長五千多公里，隨著中尼公路延伸至尼泊爾加德滿都。王德在這條路上，經過了平原、丘陵、盆地、高原景觀，體驗了近一年的酸甜苦辣，就要到拉薩了。

趁著天未亮就動身，王德奔走在路上，趕在傍晚前抵達通往拉薩的最後一座橋。他強烈感覺到一定能順利進入拉薩。越接近拉薩，村子的規模也越來越大─新造的城鎮、林立的商店市集、洶湧的人潮及車輛，種種氛圍讓人感受到一種熱鬧的繁華。

拉薩城外隔著一條拉薩河，要進城一定得通過橋前後兩端的檢查站。

下午，王德抵達了進入拉薩城的最後的一個關卡。他站在橋前觀望了一會兒，思考著如何通過前方的檢查站時，兩名中年男子從王德背後走過來，突然開口打斷了王德的思考：「你是走路來拉薩的嗎？」王德轉過身去看了二人一眼，便回：「是啊。」二名男子驚喜的說：「我聽人說了很多次，這還是頭一回見到。小哥我們可以和你合照一下嗎？」王德簡短回應表示同意，三人便一起有說有笑的走過第一個檢查站。在拉薩大橋上合照後，三人閒話家常的走向橋另一端的檢查站，王德內心仍有些緊張，但他盡可能讓自己表現的泰然自若，不知不覺就過了檢查站，順利的來到拉薩市。王德心想：「這兩位一定是上天派來協助我的天使！」

小黎發來封訊息：「到了拉薩，就到客棧大廳等我。」王德心想：「他好像早就知道我能夠順利進拉薩了？」

幾千年來，這座朝聖者心中的聖殿—拉薩，王德奇蹟般地進入了。拉薩城裡每二百公尺就一處公安站，每個公安站都有一至二名的公安警戒，路上偶爾會有持步槍的武警巡邏。另一方面，王德觀察到有許多的國內外遊客，在這座城市遊覽千年風光的古蹟和藏族文化，以及仍有虔誠的朝聖者，三步一叩地繞著心中的聖廟，為自己、家人、世界祈禱著。

王德百感交集地走在這座古城。

天空下起了大雨。

王德走進客棧，客棧就像一般都市的青年旅館，文質彬彬的小黎正在大廳看書。他向王德打了招呼：「到房間聊吧！」兩人走上二樓進房後，王德卸下行李。小黎：「今晚你就和我一起住吧！我和老闆娘說過了，她知道你的情況。」

「那會不會有人查房？」

「如果有的話，就從那扇窗跳出，反正這裡是二樓而已。」

王德看著窗外，公安站就在客棧門口的斜對面。「真的沒問題嗎？會不會半夜來查房？不！我應該相信上天安排好的機緣。」

「你怎麼知道我一定能進來啊？」王德問。

「直覺吧！我在這已經待了十天了，也沒碰到什麼查房或被攔下來臨檢的。公安只會找那些看起來很邋遢、沒有什麼錢的人來臨檢。如果打扮好看一些，行為表現像一般人，公安就不會覺得你很可疑。」

小黎看了一下王德說：「你的打扮被公安攔下來的機率很高，換上我的衣服吧！我帶你到附近繞繞。」

小黎拿了一件藍色方格衫給王德。

「真的沒問題嗎？」王德半信半疑地問。

「你若一個人走在街上被攔下的機率很高，因為你長得像藏族。但和我這個漢人走在一起就不容易被懷疑。」

王德換上了乾淨體面的休閒衣和小黎一起上街。

兩人漫步在古城的小巷，來到了千年古剎大昭寺。寺廟四周聚集了許多三步一叩頭的朝聖者在祈禱，這些祈禱者相信一生必定要來這一趟。

「這裡入口有兩邊，一邊是給藏族進去的不用買門票，另一邊給遊客去要收門票。你看起來像藏族要試試看嗎？」

「不必了！」王德笑笑地回。

「據說，這裡都有狙擊手在警戒著，一發現有人起事，馬上就會開槍射殺。而且這裡很多秘密警察，如果發現可疑的人物，或者談論敏感的話題，就會馬上將人帶走。」

王德瞪大眼睛說：「真的假的？」

「不過你放心，只要你表現的像普通人就沒事了。」

逛完大昭寺後，來到了藏式餐館，館內的桌椅均鋪上繡著藏花的金色布匹，牆上則掛著五顏六色充滿神秘感的唐卡。二人吃著用犛牛肉料理的家常菜，金黃色的拉薩啤酒在杯觥交錯下更顯其甘甜，兩人談天說地，樂不可支。

小黎面色紅潤的說：「你是否有過瀕死經驗？我在水碓那第一次沒帶什麼東西就走進冰川。後來天黑下大雨，我走了好長一段路，好不容易找到了一間小木屋，避了風雨但天氣很冷。我幸運地看見有盒火柴放在爐邊，旁邊剛好有些乾柴，升了火，保住一命。那是我第一次覺得自己有可能會死掉。我最近看了《西藏生死書》，對裡面描述的死亡過程有些好奇，不知是真的假的？」

「我是有過幾次類似的經驗，也有很危險的情況，但我沒死過，所以也不知道。」

「據說拉薩城裡有個地道，這個地道裡藏有著蓮花生大仕的傳道法器以及古往至今許多開悟者的經典寶物，但只有經過大活佛認證的僧侶才能進入地道。也有人說那個地道可以通往地底世界的核心，裡面有很多礦石和能源，誰能拿到獲得這些寶物，誰就能掌握國家以及全世界。共產黨佔領布達拉宮，聽說就是為了找到這些寶物。可惜我明天就得返程回家，如果再給我待上幾個月，我一定會去找地道的入口。我猜地道入口不在布達拉宮裡面，而是在布達拉宮的附近。」

「你明天就要離開拉薩了？」王德有些失望。

「是啊！老家有事必須回去一趟，而且我的旅費也差不多要花完了，所以明天就沒辦法陪你在這了。那你明天有什麼打算嗎？」

「我想在離開拉薩前去看一位朋友的畫。在武漢時曾經看過他的畫，我想親身拜訪他。」

王德沉默一會兒說：「小黎真的很感謝你，若非你，我一路也沒辦法順利地通過檢查站進入拉薩。」

小黎：「當風吹起，沙隨之飄舞，我只是做好一粒沙該做的事。」

王德出現在畫坊，一位頭綁辮子、身穿藏袍的中年男子向他打了招呼。二人簡單的聊了幾句後，男子帶著王德來到畫坊深處的小房間。男子開了燈，王德想看的那幅畫正掛在房間壁面的正中央。他慢慢走到畫前，仔細地看了三位小和尚和老喇嘛，發現—這三位小和尚手上都持有相似的經書，這四個人在進行經書的討論。王德專注地看著老喇嘛深邃的眼睛，過了一會兒，視線漸漸變得模糊，周遭變得昏暗，王德好似進入了老喇嘛的內心。黑暗中，聽見一陣低沉又親切的話語，王德集中注意力聽話語中的意思，突然靈光一閃，回到了畫前，王德興奮地跑去和男子說：「我好像知道畫中的老喇嘛說什麼！」

「喔！你覺得他說什麼呢？」男子問。

「小和尚在問到底如何將佛法傳給世間，老喇嘛回答：『去生活！』」

男子大笑的說：「哈哈哈！等了這麼久終於等到你了，這幅畫從我祖父輩就傳下來的。當時西藏正處在戰亂期，為了避免被破壞，這幅畫從布達拉宮偷運出來。我是這幅畫第三代的守護者，祖宗有遺訓哪位有緣人能說出老喇嘛的意思，誰就能進入地道去找尋寶藏。」

王德不可置信地想：「不會吧！阿仁和小黎口中的寶藏地道，竟被我不小心碰到了！」

「可是這麼一幅重要的畫，怎麼可能隨隨便便就讓人看而且還讓人照相？」王德問。

「你們漢族不是有一句話嗎？越危險的地方就是越安全的地方。人們對容易得到東西，往往不會認為很珍貴。我讓陳哥拍這幅畫，也是希望藉此來找到有緣人。你看，你不就這麼出現了嗎？哈哈哈！」

「可是我真的夠資格去獲得這份寶藏嗎？」

「自從布達拉宮被共產黨佔領，達賴喇嘛離開西藏，這裡的僧侶、喇嘛、活佛都被共產黨控制著，不受控制的不是逃出了西藏，不然就是已經不在人間了。於是，大活佛就留下這道謎題給有緣人來解答。所以不要懷疑，就是你了！跟我來吧！」

王德興沖沖的準備迎接夢寐以求的寶藏。

他跟著男子走到另一間放滿唐卡的房間，男子將其中一幅畫拿下，牆壁上有個小門，進了這個小門後沿著路徑前進，來到了屋後的一棵老樹旁，樹旁有座井。

「到了，就在這兒。」

「不會吧！這是口井耶！」

「是的，寶藏就在井下的地洞裡。這個地洞很特別，每七年會有一段枯水期，但為期只有兩個小時，之後又會淹滿水。再過幾天應該就是七年一次的枯水期了，你必須趁那個時候去拿寶藏。」

幾天後，井內的水果然漸漸消退，男子在井口架好了繩梯。下井前，男子特別交代王德：「地道的入口可能會在二小時後被水淹沒。當計時器響了，如果你還沒找到寶物，一定要趕快出來，否則你會有生命危險。」

王德下了井，擺動著繩梯，將身體擺盪至地道洞口，拿起手電筒，按下計時器，進入地道。地道四周都是堅硬的岩石，他小心翼翼地前進，走了約莫幾十公尺，出現了兩條岔路。「沒有說有岔路啊！到底選哪一條？後面還會不會有岔路？會不會我選錯條後，就迷失在裡面出不來了？要不要現在回頭還來得及？」「不！我不應該再胡思亂想了，都已到這步田地，死就死，老子豁出去了！」王德在岔路前深呼吸了幾口氣，內心祈禱著：「我敬愛的神，感謝你的引導讓我能順利找到屬於我的寶藏。」

這時右手有了些反應，王德依照有反應的那隻手前進。之後，每遇見岔路，王德都用這種方式前進。過了幾個岔路後，洞內漸漸變大，出現了一片白色山林。仔細一看，是由大大小小的鐘乳石組合而成，山壁上不斷流下的地下水，形成了一條河流，眼前的景像，令王德不禁讚嘆大自然的偉大。過了鐘乳石山林，洞內又變得狹小，地下水不斷地從上方的石縫嘩啦啦地流下。在洞內形成了一條水路。王德在水路的上方，用雙手雙腳抵著狹小的山壁前進。洞內地形複雜，奇景壯麗，他邊走邊欣賞，完全忘了時間的存在。忽然間，計時器響了，距離潮汐而淹沒入口的時間只剩下三十分鐘。王德仍然沒有找到寶藏，內心開始慌張了。

「要不要回去了？時間快來不及。」「不！千辛萬苦來到這裡，好不容易快找到寶藏了，說什麼也得再拚一拚。」王德不顧計時器的提醒，快步前進。到了岔路處，王德知道這是最後一次機會，如果這條路都還沒找到一定得回去。他運用直覺，選擇了其中一條跑進去。他邊跑邊祈禱：「神啊！請你讓我找到寶藏。」跑到路的盡頭，發現四周空無一物，只看到一個大水潭。「怎麼什麼都沒有！」「只要再多給一些時間我一定能找到。」王德看了計時器，只剩下最後十五分鐘。王德心灰意冷，但現實逼他不得不接受。他轉身用最快的速度朝著入口跑去。

時間分秒過去，洞內開始積水，他因地滑跌了一跤，撞的額頭鮮血直流，頭昏目眩。他咬緊牙關，撐起身子，大力的打了下臉頰，讓意識回復。最後五分鐘。洞內的水已積到腳踝，他飛奔似的前進。隨著時間逼近，水深已及胸，王德的前進也因水阻而減緩了速度，索性游了起來。他死命地游，仍不及水位上升的速度。用盡了最後一口氣朝著入口處游去，卻因缺氧而昏迷了。

在昏迷的期間，他的意識似乎來到了另一個世界。在那裡，王德看見了外婆正微笑地看著他，外婆準備了一桌的菜示意王德去享用。她為他夾了菜，拍拍他的肩膀說：「你做的很好，辛苦了，好好的吃吧！」王德知道眼前的外婆已經是另一個世界的存在了。將這口思念的菜放入口中，他淚流不止。慢慢地眼前變得一片模糊。

清晨的陽光微微地輕拂帶著淚痕的雙眼及喃喃自語的雙唇，王德他隱隱約約聽到有人在收拾東西的聲音。他眨了眨眼睛，拭去了眼淚。「你還好嗎？」小黎問。王德這才意識到自己方才做了一個很長的夢中夢。「嗯，沒事。做了個夢而已。」王德慶幸剛剛所經歷的一切只是個夢。

和小黎道別後，王德尋著地址來到了畫室。「悠然畫坊」招牌旁寫著幾個藏文，畫坊的櫥窗展有許多唐卡及油畫。王德感覺這裡和夢中的場景有些相像，他帶著忐忑的心進入畫坊。

一位濃眉杏眼、眉心中間有一直紋的中年男子出來和他打了招呼。

「你好！我是陳哥介紹來的，專程來看畫的。」

「歡迎！歡迎！我叫李誠，有聽陳哥提過你。剛還以為你是藏族朋友！你為何要來看我的畫呢？」

「我在德昌時，曾經在陳哥的手機裡看過您一幅描繪三位藏族小和尚圍靠在一位老喇嘛聽道的畫。畫中人物的眼神栩栩如生，特別是老喇嘛的眼神令我倍感親切，難以忘懷。所以我想如果有機會到拉薩一定要親眼看到這幅畫。」

「喔，你說的那幅畫上個月才賣掉而已。」

「賣掉？」王德心頭一震。

「是啊！賣的價錢還不錯，對方也很喜歡。」

「是喔。」王德失望地回答。

「你來到拉薩有想要到哪裡去嗎？我可以帶你到處走走。」

「謝謝，礙於我沒有入藏證，還是保持低調一點。能參觀你其他的畫嗎？」

「你到了拉薩真的哪裡也不想去，只想來看看我的畫？」

「是啊！」王德往畫坊裡尚未亮燈的區域一探。

李誠開了燈。王德仔細地看著一幅幅裝幀好的畫，停佇在一些人物畫面前。看著畫中人物的眼睛，就像是看到久別重逢的朋友般，令王德的視線難以離去。

過了許久，王德若有所思地走出，表示對李誠的創作十分感興趣。再次相聊後，李誠開口：「本來我這裡不方便讓你住的，因為如果被查到的話，我會有麻煩。聽到你專程來看我的畫我很開心，你就待在這兒住幾天吧！順便幫我看店。只要你保持低調，晚上不要到處亂跑，應該不會有什麼事。」接著，李誠先帶著一身疲憊消瘦的王德去餐廳飽餐一頓後，又拿了幾件較體面的襯衫供王德替換。

王德在悠然畫坊待了幾週，每天除了看著李誠的畫圖外，也會幫忙接待來店的客人。一開始，王德很投入在畫作的欣賞，沒事也會拿起筆來塗塗抹抹，學習不同的畫風。日子一天一天的過去，大部分都待在畫坊的王德忍不住猜想是否有什麼人會出現、什麼事會發生，然後就會有更具體的答案來回應他這一路上所找尋找的。

某日夜晚，畫坊準備要打烊，王德準備要關門時，店內來了一對男女。女子一進店內就瞪大了眼睛說：「你不是王……王……」然後就和一旁的男子小聲地討論著。王德被女子突然的開口給嚇到了。兩人看了看畫後，準備離去時，女子開口：「你長得很像我的朋友。」王德簡短回應後。女子接著問：「你是不是台灣人？」王德內心抽蓄一下，隨後一股恐慌感慢慢地散佈出來，但他臉上仍然強擠著微笑。他向二人點點頭，小聲回答：「是！」兩人看了看王德，眼神對他示意後便離去。

王德心想：「完蛋了，這兩人是不是就是秘密警察？我是否已曝光了身份？」他關上了燈，不斷地隔著鐵門上的小口觀察街道上是否有人在暗中監視著他。「我會不會連累李誠？要不要現在就走？」王德覺察到自己的思緒已被恐懼佔據。他躺在沙發上，閉起眼睛內心不斷地祈禱著直至夜深人靜後才睡去。

次日，李誠帶著早點走進店內，見王德神色顯得有些疲憊開口問：「你還好嗎？」王德不敢將昨夜的事和李誠說，只略作回應。

二人用餐後，李誠得知王德明日就要返程了，停頓了一下才對王德說：「沒有什麼好送給你的，就讓我畫張肖像送你當作紀念吧！」李誠請王德坐好，恣意的揮灑下，完成了王德的肖像。王德拿著畫，目光不由自主地凝視畫中自己的眼睛，感受到一股前所未有的感覺—這張畫彷彿是塊拼圖，將未竟之夢的王德給拼回。

店門上的鈴鐺響起，中斷了王德的思索。李誠的親密友人人華大步走進店內。李誠將佔滿顏料的筆刷放進水筒裡後，向人華介紹王德的來歷。人華張大雙眼不斷地打量王德。待李誠說完後，人華以誇張而具喜感的姿態說：「快！快幫我和這位奇人合照！」王德面帶羞澀地合照後，人華又追問著王德旅途的趣事，王德侃侃而談。

人華轉頭看了李誠說：「李誠，你真的很幸運有位從台灣來的知音，千里迢迢的走路到拉薩來看你的畫。」李誠：「當我聽到他這麼說的時候，我也很感動。」人華看著王德，搖頭晃腦地問：「像你這樣出來流浪的人會是什麼星座的人呢？我猜猜！是……射手座。」王德搖搖頭。人華又接連猜了幾個但都沒猜中。「快點告訴我答案！」「牡羊座。」人華看了下李誠：「居然和你一樣耶。」「那你幾號出生？」「四月十二日。」李誠瞪大眼睛說：「四月十二日！怎麼這麼巧，我倆的生日竟也是同一天！」

返程

次日，李誠開車送思鄉的王德出城。

「這樣開車不是很容易被臨檢嗎？」王德好奇的問。

「路上的檢查站只有針對要進拉薩市的車輛管制比較嚴格，出西藏方向的車輛管制比較鬆。」

李誠的休旅車上放著輕快的民歌。王德無心聽歌，只看著窗外，那些曾經走過的風景，彷彿電影片尾般的畫面播放著。休旅車輕輕地駛過了一個個的檢查站，約束行了二百公里，兩人分道在河巴鎮。雙方知道這一別可能是這輩子最後一次見面，但他們倆仍期盼在不久的將來，西藏可以成為一個自由的地方。

王德在河巴鎮找尋可以往東行的便車。兩位頭扎著辮子的康巴漢子示意要王德上車：「到哪裡？」「往四川的方向，哪裡都可以。」「我們往芝林縣，要上車嗎？」王德謝過二人後，搭著車子繼續東行。

到了中午，車子行駛了數十公里後，前方出現了檢查站，許多車輛正在排等著進城。王德胡謅個理由說要到前面找個朋友，然後趕緊下車。王德趁著車多，用走的過檢查站，避免檢查站的登記。正當王德走過護欄時，一位藏族公安叫道：「喂！喂！過來登記身份證。」王德假裝沒聽見繼續走，公安提高音量叫道：「喂！喂！過來登記身份證。」王德假裝外國人，看公安會不會因為語言不通而放過他。

「你共蝦，哇聽某。」王德用閩南話回公安說。

「啥！你說什麼？說國語！」公安一頭霧水。

王德見公安不是那麼好打發的，改口說：「我身份證不見了。」

「那給我你的身份證字號！」王德將阿仁的資料複誦給公安聽。

「你哪裡人？」

「我浙江來的。」

「你的口音不像那裡人！」

王德用字正腔圓的語氣回公安：「我就是從浙江來的，我的國語很標準。」

藏族公安這時面露輕鬆半開玩笑的說：「你看起來怪怪的喔！會不會是從新疆那裡來的恐怖份子？」

「才不是咧！我是浙江來的。」

藏族公安笑笑地說：「走啦！走啦！」

王德鬆了口氣，快步離開。「還好！差點要被逮住了，可是接下來怎麼辦呢？難道每個檢查站都要像之前這麼過嗎？」這時又看見剛才那二位康巴漢子。「還要繼續搭他們的便車嗎？」內心的聲音說：「上車吧！」「好吧！反正到下個檢查站大約還有六十公里，這樣總比再用走的回去好多了。」王德厚著臉皮和康巴漢子打了招呼，繼續搭車東行。

一路上，王德苦惱地想：「下一個檢查站，到底要怎麼過？總不可能每次都說要找朋友吧！但我也不想再用走的過去，到底要怎麼過？」突然，內心的聲音說：「別擔心！就直接過去。」但王德非常的擔心，覺得這樣可能會有麻煩，在下車和搭車的念頭之間猶豫。車子已開到檢查站前了，康巴漢子：「老鄉，前面要下車登記，麻煩給我你的身份證。」王德心想：「管他的，豁出去了，頂多被遣返台灣，這輩子不能再來，反正我已經完成了我的旅行。」王德拿出了台胞證給康巴漢子，康巴漢子到檢查站登記，過不久，康巴漢子走回車上說：「老鄉！公安要你過去一趟。」王德心想：「果然！但我已做好了心理準備，該來的就來吧！」王德走到檢查站，公安坐在椅子上忙著登記往來的人的資料，見王德來，抬頭看一下「你是台灣人！」「是！」「等一下你到縣城裡去附近的公安站登記一下就可以了。」王德驚訝的回：「喔！好！」王德拿了證件後，心裡暗自竊喜地快步走向車子，上了車後，進入縣城。

告別了康巴漢子，這時已經傍晚了，東行的車輛已漸漸減少，王德正在想今晚要住哪裡？此時內心的聲音：「去住旅店。」王德：「真的假的住旅店？但回想今天一整天都蠻順利的，就來找家旅店試試，頂多就被遣返。」王德找了間便宜的旅店，在登記住宿資料時，王德拿出了台胞證，民宿老闆也沒多看，稀哩呼嚕地就登記完，王德暗自竊笑：「這也行！」在此之前，王德住宿和過檢查站都要小心翼翼、躲躲藏藏的，如今，一切都非常順利。

內心的聲音

一早用完餐後，王德繼續搭便車往四川的方向。一路上，曾經走過的風景，如今再見心情自是大不相同，唯有滿滿的感動翻騰。王德拿起筆和日記本，想寫些什麼卻又難以名狀，索性先放空，讓一切慢慢沉澱。

順利的回到了龍邦客棧。阿仁看到王德，語氣平常地回：「完成旅行了吧！我就知道你一定能完成，恭喜你！」

「謝謝！多虧你那一卦。」

「好說，接下來有什麼打算？」

「回台灣。」

「機票定了嗎？要不留下多住幾天？」

「好啊！正好整理我的行李和訂機票一事。」

「大好了！我們又可以好好聊了。」

王德留在阿仁的客棧幫忙，夜晚，兩人騎著機車，帶著煮好的上等普爾茶，一起到幾十公里外的高原溫泉，暢談這些日子發生的奇遇。

「你說你都是聽見內心有個聲音和你說該往哪裡去、或者該怎麼做是吧！」阿仁好奇地問。

「是啊！」

「那到底傾聽內心的聲音和我們自己頭腦想的有什麼分別呢？」

「我的經驗是，內心的聲音叫你走的方向或做的事，通常你的頭腦會抗拒。而照著這個內心的聲音去做，一開始往往會受到阻礙，但大部份的阻礙都是自己想像的；等到實際去做了之後，就會發現，事情出乎意料的順利。內心的聲音關於在這當下靈魂想要體驗、學習的事物，而頭腦的聲音通常會叫我們走習慣的路、做習慣的事，因為這樣比較有安全感。但這種習慣性的意、言、行帶來的結果，很有可能是重複的問題和麻煩，而我們得提高覺察才能發現。」

「所以內心的聲音和欲望是不同的嗎？」

「是啊！當你完成內心的聲音想要體驗的事時，身、心會發出訊號。感動、雞皮疙瘩、想哭的感覺、喜悅……等每個人不一樣。你會有種非常踏實的喜悅感，持續不斷地由內而外的散發出來。它會為你帶來力量，讓你可以繼續去創造、實現夢想。當你只是滿足慾望，你會有短暫的開心，但開心過後是一種失落、空虛。它是把你和真實的你分開，讓你迷失，讓你失去力量。」

「看來要分辨二者真的要提高覺知了，若把二者搞混，錯把慾望當作內心的聲音，那就不妙了。」

「是啊，但別擔心。我們的經驗會讓我們擁有智慧去分辨二者的差別。」

合解

三日後，阿仁騎車送行了百公里，王德繼續搭車東行至雅康城。

不久，前方出現了檢查站，王德心想一路上的平順，就到前方的檢查站等車吧！照慣例先去檢查站登記，檢查站的公安看著王德的證件：「台灣來的啊！等等！我問一下。」說完立刻拿起電話向縣公安廳詢問：「報告長官，這裡有位台灣來的遊客，持有台胞證。請問是否允准放行？」公安廳指示要請王德留下，他們將派人過去調查。幾分鐘後，一輛黑色的廂型車停在檢查站旁，三位便衣公安走下車；其中一位身材壯碩，濃眉大眼、語調有藏腔的畢向前盤問王德：「你有去過前面的縣城嗎？」王德隨口回答：「我就是在那裡被打回來的。」畢立刻撥打至前方縣城的公安站，公安回答並沒有攔過一位台灣人。

便衣公安對王德起了疑心問：「你是怎麼通過這裡的？」

「當時你們太忙沒有看到，我就直接走過去。」

「可以讓我們看一下你的背包裡的東西嗎？」王德開始緊張，說明自己在徒步旅行，顧左右而言他介紹起自己的畫本。畢指著包裡的筆記本：「那本給我們看一下。」那本筆記本正是王德的日記，一旦給他們看，所有的事就曝光，甚至還可能牽連許多人，王德心虛的交給公安，另一位較高䠷的便衣公安要求查看王德的手機。王德心想事已至此，只好如實回答他們。畢覺得很可疑，語帶威脅的說：「你和我們回去一趟，最好坦白點，否則你會有麻煩！」

王德和三位便衣公安上了車，來到了公安廳。走上了三樓的辦公室，辦公室裡有著許多監控螢幕，氣氛很不自在。王德十分害怕，但仍故作鎮定。他運用老人教他的方式，看著遠方的樹，補充自然能量平復心裡的恐懼，因為他知道如果不這麼做，恐懼的意念將會引導他走向毀滅的道路。身材高䠷的那位公安拿著王德的手機到另一間辦公室調查，畢和另一位漢人公安一起審問王德。

聲色俱厲的畢開口問：「你到底有沒有到過拉薩？」

「有！」

畢驚訝地問。「從這到拉薩，一路上三十多個檢查站，你一個都沒有被檢查到？」

「沒有。」

「那你是怎麼過檢查站的？」

「我就等上班時間車子多的時候走過去。」問了幾個問題，王德想起老人告訴他的，去凝視對方，直到發亮，提供能量給對方，使他們與高頻意識連結，能做出正面的決定。畢接著用試探的語氣問：「你在台灣是做什麼的？」

「代課老師。」

「有沒有當過兵？」

「在台灣，正常成年的男人都要當兵。」

「啪！」的一聲，畢從腰際掏出一把手槍放在放桌上。

「這個型號你知道吧？」

「我只知道那是手槍，什麼型號我不知道。」

「你當過兵不可能連這個都不知道吧！」

「在台灣當兵是義務的，每個人巴不得趕快當完就閃人，軍中的東西能忘記就忘記。」

「這是X-12手槍，射程六十公尺。」

「嗯，我聽不懂。」

畢帶些玩笑的口吻和另一位公安說：「你看他又在裝傻了。」此時氣氛相較剛進來公安廳時緩和些，漢人公安好奇地問蔣家在國共戰爭後在台灣做些什麼？台灣是不是中國的一部份？台灣的薪資水平是如何？王德一一回答他們的問題。

「那你為什麼想要來走中國？」畢好奇地問。

「我想要來體驗生活，從中認識自己。」

「那你去過了拉薩，覺得藏族怎麼樣？」

「我覺得藏族人非常的有愛心，願意去幫助需要幫助的人，不求回報，在藏族身上學到很多東西。」

「那你對西藏了解多少？」王德就一路上所見聞的分享歷史、傳說、宗教、風俗、生活習慣…等等。分享時，只覺得心中充滿著平靜感，這股平靜感持續不斷，而後產生了溫暖的愛的感覺，一陣酥麻感從脊椎底部一直擴散到全身。王德感受到這股愛的感覺不斷地由內而外傳送給他們。此時，一位中年男子走進來，畢與另外一位公安立刻起立大聲說：「書記好！」

「怎麼樣？有問題不？有沒有其他檢查站攔過他？」

「報告書記！都查過了，行李和手機都沒問題。其他站也都沒有發現他。」

「那他為什麼進來？」

畢向王德示意：「就照你剛才和我們說的向書記報告。」王德回答了問題。

「你知不知道你不能進來？」書記問。

「知道！」

「那你為什麼還要進來？」

「我只是單純的想要徒步到西藏而已。」

「如果我們到台灣去沒有申請手續能不能進入？」

「不能。」

「那你這樣有尊重我們嗎？」王德沉默不語。

書記生氣地拿出根煙叼在嘴上，吸了一口，看了畢一眼：「確定都沒問題了？」

「沒問題。」書記原先插著腰的手，向上往外揮，無奈地說：「走走走走！」

畢將王德送回原處，並從口袋掏出一百元給王德說：「不好意思，擔誤你那麼多時間，這一百元算是我私人贊助你。」

王德搖著手，連忙說：「謝謝，不用了，我的錢還夠。」

「就當我請你吃飯，交你這個朋友。希望你下次來的時候能透過正常程序，西藏歡迎你。」

「歡迎到台灣來玩。」

天色已昏暗不明，檢查站前排了幾台等待出城的車子。畢找了一台載滿貨物的大貨車，司機一臉不太情願的表情，但迫於公安開口只好答應。於是，王德在這樣的安排下，悄悄地離開西藏邊境。夜已深。

回首來時路

回到成都，第一件事，就是趕緊到公園和老人分享自己的收穫，並好好感謝他的教導。當他來到了公園，老人不在那邊。「好吧！反正老人什麼都知道，我要對他說的話他也應該都知道。」王德雙手合十，深深地對老人常待的那棵樹鞠躬致意。

回到了阿金家，阿金早已準備好酒席，等著他分享一路的歷險。

當晚，王德作了個特別的夢。夢裡，他在故鄉，帶著一群孩子在一片綠意盎然的土地上活動，每個孩子都專注的感受自然，有時會發出悅耳的笑聲。他和這些孩子在大自然中種植作物、一起遊戲。突然，有個孩子跑過來，手上捧著幾顆果實說：「你看！這是我種的芒果！」王德馬上從睡夢中清醒，一股酥麻感散佈全身，眼淚不停地流下。

王德搭上了成都飛往台灣的班機，飛上了雲霄。他望著窗外，一片片金色的雲朵緩緩地流動著。他關起了窗帷，閉上了眼睛。

青稞一夢——甦醒於徒步之後

作者——蕭健宏

主編——卓文敏

封面設計——曾鈺芩

內頁排版——陳春惠

發行人——蕭健宏

印刷——上好印刷股份有限公司

初版——2019年9月

定價——新台幣320元

國家圖書館出版品預行編目 (CIP) 資料

青稞一夢 : 甦醒於徒步之後 / 蕭健宏著. -- 初版.
-- 新北市 : 蕭健宏, 2019.09
面 ; 公分

ISBN 978-957-43-6980-5(平裝)

863.57 108015321